Autrice prolifique, Christine Féret-Fleury a écrit plus d'une centaine de livres. En 1996, elle entame l'écriture avec *Le Petit Tamour*, publié en littérature jeunesse. Trois ans plus tard sort son premier roman, *Les vagues sont douces comme des tigres*, récompensé par le prix Antigone. L'un de ses derniers livres, *La Fille qui lisait dans le métro*, traduit dans plus de vingt pays dans le monde, est disponible chez Points.

Christine Féret-Fleury

LE PAYS AUX LONGS NUAGES

ROMAN

La Belle Étoile

ISBN 978-2-7578-9801-7

Pour Anne-Lise Fleury,
ma sœur sans existence légale.

Merci à Cécile Térouanne,
qui m'a donné l'élan nécessaire,
comme souvent.

1

Kamar

En premier, c'était le bruit – ce bruit. Nous étions partis depuis des heures, la nuit était tombée, impossible de compter. Et ils m'avaient pris mon téléphone dès le début, parce que le prix du passage avait augmenté, une femme seule avec une gamine, c'est dangereux, plus cher, ils insistaient. J'ai protesté, vous étiez d'accord, mon oncle vous a payés… Ils ont simplement ri, une main s'est tendue vers les cheveux de ma fille, une autre vers moi, je les ai repoussées et je leur ai donné ce qu'ils exigeaient. Je n'avais pas le choix.

Depuis que les fourgonnettes s'étaient arrêtées devant nous en projetant sur nos chevilles une giclée de poussière, j'avais peur. Les chauffeurs ne sont même pas descendus, une main a donné une claque sèche sur la portière ; mon oncle s'est avancé pour ouvrir la porte du véhicule le plus proche. Il m'a fait signe de monter. Je l'ai regardé. Le blanc de ses yeux était strié de veinules rouges, le bord de ses paupières tout fripé, comme desséché de l'intérieur. Un morceau de tissu brûlé autour de son regard triste. Je me suis détestée de m'accrocher à ça ; il y a tant de façons de dire adieu, celle-là était la pire, rester muette, mon enfant serrée contre moi, ne pas trouver une seule larme à lui offrir, pas un mot, même pas un semblant de sourire.

Il s'est baissé, a soulevé Hana – les toutes dernières secondes, je n'ai pas pu les retenir, elles se sont dissoutes dans le rugissement des moteurs. J'ai peut-être posé le front sur la toile rêche de sa veste, respiré une dernière fois son odeur de vinaigre et de cumin, l'odeur de ma cuisine et de celle de ma tante ; j'ai peut-être trouvé là, dans ce souvenir des jours heureux, de quoi mouiller mes yeux.

Ça n'a pas duré. Pour pleurer, il faut en avoir le temps, il faut être seul et laisser le chagrin venir. Et du temps, je n'en avais pas. Pour Hana, je devais me durcir, comme la lame d'un couteau, capable de percer et trancher, de nous ouvrir une voie. Vers quoi ? Je n'arrivais même pas à l'imaginer. Un abri où respirer, écarter la peur.

Et pleurer, oui, comme ce serait bon, alors, de pleurer.

Nous étions nombreux dans la fourgonnette, plusieurs familles, un bébé criait, la femme qui le tenait lui donnait à téter un coin de tissu mouillé. Trempé dans de l'eau sucrée, peut-être. Elle n'était pas sa mère, cela se voyait. Je n'ai pas osé demander ce que celle-ci était devenue, tant de choses avaient pu se produire, tant de drames, chacun gardait le sien bien plié sous ses vêtements et se taisait. L'enfant, lui aussi, a fini par se taire, hoquetant à petits sanglots épuisés. Il apprenait. À rester silencieux, à se faire petit. Un peu de jour filtrait encore par les trous de la bâche, je voyais les têtes, en face de moi, osciller en cadence, oui, signifiaient-elles, oui, je suis d'accord. Faites de moi ce que vous voulez, vous aurez tout, mon argent, mes prières, ma reconnaissance. Je ne sentirai rien, ni la soif, ni la faim, ni la saleté lentement cristallisée sur ma peau, accumulée entre mes orteils et sous mes ongles. Je ne crierai pas. Mon corps évidé ne demandera plus à se soulager. Mes yeux se fixeront sur le néant, ouverts et aveugles.

J'obéirai.

À mesure que les kilomètres défilaient, ma langue gonflait dans ma bouche, couverte de cette poussière salée jaillie du sol piétiné. Je ne voulais pas boire, pas encore, je gardais l'eau de la petite gourde donnée par ma tante pour Hana, quand elle se réveillerait. De l'eau du puits dans laquelle elle avait plongé une de ses dernières feuilles de menthe séchée, conservée dans un sachet de gaze à l'abri des insectes. « La menthe, m'avait-elle chuchoté bien des fois, est l'amie de la cuisinière. Quand je prépare un repas spécial, je frotte la table avec de la menthe. Son parfum éveille l'appétit, elle fait le ventre léger et la conversation agréable. Garde toujours de la menthe sur toi, *kbida*. »

Une seule feuille. Je ferais boire ma fille, et ensuite je m'accorderais une gorgée, une merveilleuse gorgée. La maison que je venais de quitter y serait contenue tout entière, la maison d'avant, avec son jardin et sa cour ombragée, ses chambres fraîches, son dallage poli, doux aux pieds comme la caresse d'une paume enduite d'huile de nigelle. La maison délivrée de ses gravats et des bâches qui remplaçaient une partie du toit, celui qui avait été touché par une bombe quelques semaines plus tôt.

La maison.

Il ne fallait peut-être pas boire cette eau. La moindre goutte suffirait à faire vaciller ma résolution. Je me voyais serrer Hana contre moi, me lever, enjamber les corps affaissés et sauter de la camionnette, je me voyais courir sur la route poudreuse, mon voile flottant derrière moi. Je nous voyais aussi couchées derrière un talus, mortes. Tant d'autres n'étaient pas allés jusqu'au bout du voyage. Les passeurs n'attendaient personne, et ils n'avaient aucune pitié. Nous le savions tous, même si nous faisions semblant de l'ignorer. Même si les rares phrases qui circulaient exprimaient un optimisme forcé : tout irait bien. La traversée serait courte. Nous serions bien accueillis. Ceux qui ont envie de travailler trouvent toujours un emploi, un toit, un coin de terre. Mon père le disait souvent, et il savait de quoi il parlait, mon père, il n'avait pas pris un jour de repos de toute sa vie. La mort l'avait saisi au coin de son champ, une pierre dans chaque main. En tombant, il ne les avait pas lâchées. Il ne voulait pas, probablement, qu'elles s'enfouissent à nouveau, gâchant une minute de dur labeur.

Les mères ne cessent de prier pour leurs enfants, et qu'importe le dieu auquel elles s'adressent, qu'importe même si elles implorent un ciel vide. Pendant des mois, j'ai prié, le cœur dévasté, pour que ma fille me soit enlevée, qu'elle vive en paix loin de moi, de ce pays ravagé. J'ai prié aussi pour ne jamais la quitter du regard, pour mourir avec elle s'il le fallait, avant elle, pour ne jamais voir couler son sang. Aujourd'hui, je veux seulement qu'elle ne sente pas le froid de la nuit. Quand les véhicules ont stoppé, je l'ai enveloppée dans une chemise de son cousin, trop grande, j'ai noué les manches autour de sa taille, soufflé dans le col qui bâillait, elle serait réchauffée, habillée de mon haleine. Je ne pouvais pas lui donner plus.

Mes pieds ont repris contact avec le sol. J'ai cru qu'il pleuvait, mais la bruine qui humectait mon visage avait un goût salé. Machinalement, j'ai léché mes lèvres. Pas de quoi apaiser ma soif, surtout avec le sel, juste de quoi imaginer que le renflement de ma chair était comestible, tendre et saisi à point, que je pouvais y mordre pour me réconforter. Depuis combien de temps n'avais-je pas préparé et savouré un vrai repas ?

Quelqu'un a crié un ordre, et nous avons commencé à marcher dans l'obscurité, vers cette rumeur grandissante, rythmée. Je savais que c'était la mer mais aucune image ne me venait, je ne l'avais vue qu'une fois, elle était bleue, luisante et docile, et venait lécher mes pieds nus comme un chat familier. Nous avions pique-niqué sur la plage, les enfants couraient, tête levée vers un cerf-volant dont les rubans frissonnaient et claquaient. Cette nuit, c'était un monstre qui bramait sa faim, il nous attendait, la gueule ouverte, prêt à nous avaler. Les genoux d'Hana pressaient ma taille, elle respirait dans mon cou, je sentais son souffle. Elle se faisait légère, et pourtant j'avais l'impression de porter sur mon dos tout ce que je venais de quitter et tout ce qui avait déjà disparu, les visages aimés, les voix, les pièces pleines des objets accumulés au cours des années, le coussin sur lequel je couchais ma fille quand je l'allaitais, le collier hérité de ma mère et son cahier de recettes, les tasses dont il ne restait plus que des tessons, le vase en verre qui avait volé en éclats au premier souffle des bombardements, j'en avais ramassé un éclat, j'aimais tellement ce bleu, et je l'avais gardé, rangé au fond de mon sac à dos, sans savoir pourquoi.

Peut-être serais-je obligée de le jeter dans les vagues pour que le monstre accepte de nous laisser vivre. Mais c'était une idée d'enfant, une idée d'avant, quand le fil des légendes brillait encore dans la trame de notre vie.

Qui s'était déchirée. Et qui ne pourrait jamais être réparée.

2

Acia

Depuis longtemps – des années –, je parle et je pense en italien. Parfois, je rêve encore en français. Ces rêves ressemblent à des citernes ouvertes au ras du sol que je pourrais franchir d'un bond, mais le vide m'attire et je chute, inéluctablement. Tout au fond, un visage à peine formé affleure à la surface de l'eau noire. Je ne l'ai jamais vu, je ne lui ai pas donné de nom, et pourtant je le reconnais. Il émerge peu à peu et se presse contre le mien jusqu'à ce que je hurle de terreur.

Il sait où me trouver. Nuit après nuit.

Ce soir-là, je n'étais pas la proie d'un cauchemar. Bien trop occupée par une pensée étouffante comme la menace d'un orage d'été et aussi impossible à ignorer qu'un bâillon de tissu humide : *Je ne sais pas où aller.*

Assise sur les marches du perron de ce qui avait été, durant trop peu de temps, *mon* restaurant, je pleurais en regardant la pancarte qu'un agent immobilier avait fixée l'après-midi même au rideau de fer baissé sur la porte d'entrée : *Chiuso. Vendesi.* Tout était à vendre, sauf moi. J'étais trempée, mais incapable de bouger. Les larmes et les violentes averses qui s'étaient abattues sur Naples depuis midi avaient lavé mon visage de toute trace de maquillage, de ce mascara que j'appliquais chaque jour juste avant le premier service, depuis que le patron m'avait balancé que je n'étais pas assez féminine et que la clientèle regardait parfois autre chose que son assiette, à défaut de bonne humeur il faut de la présentation, tu vois ce que je veux dire, Acia ? J'avais failli lui jeter l'assiette à la figure – assiette que je tenais en équilibre sur ma paume gauche, des *linguine alle vongole* avec quelques pousses de roquette (une hérésie) et une ridicule tomate cerise pour décorer le tout.

J'aurais dû le faire. Si j'avais osé, le moment aurait été bien choisi pour revivre la scène, apprécier l'ondulation des longues lanières enveloppées d'huile et de persil sur le crâne chauve du tyran, revoir les palourdes glisser jusqu'à ses oreilles et s'y suspendre une seconde, comme des joyaux ou des excréments, et un tout petit morceau de piment oiseau s'immobiliser sur l'arête de son nez. Pas de safran dans cette version du plat, ni d'*arselle*, il détestait les Sardes, ce connard.

Mais c'était quand même un bon cuisinier.

Il était parti trois semaines plus tôt avec la caisse et un joli tableau représentant une rue de Pompéi, un lavis aux couleurs passées dont il était persuadé qu'il datait du début du XIXe siècle. Je l'entendais encore fanfaronner devant les clients, une bouteille de *limoncino* dans une main, avec de grands gestes en direction de l'œuvre d'art, qui trônait au-dessus du comptoir des desserts. Ruines et couronnes de chantilly, douce pierre ocrée et *cassata* glacée au sucre.

– Mon pauvre ami, s'était agacé, un soir, un Français en tenue faussement décontractée – du polo aux bottines Giuseppe Zanotti usées juste ce qu'il fallait –, vous n'avez aucune idée du marché de l'art. Le XIXe ne vaut plus rien. Plus rien, je vous dis. Un Delbeke, un Massé, vous vendez ça quoi ? Trois mille euros, une misère. Je ne vous parle même pas des grands tableaux, personne n'en veut. Alors votre pochade…

Il avait haussé les épaules et étalé de la purée d'anchois sur son *crostino*. Ses lèvres brillaient, une traînée brunâtre maculait son menton. J'avais détourné la tête, écœurée. Et j'avais filé à la cuisine, où je me sentais toujours mieux que dans la salle. Servir, je n'ai rien contre, mais j'ai toujours préféré découper un carré d'agneau ou préparer une brunoise.

Au *Pulcinella*, je n'avais pas le droit d'approcher le piano flambant neuf, ni même les plans de travail récurés trois fois par jour. J'avais été embauchée pour porter les plats, point, et Fabrizio, mon patron, ne ratait pas une occasion de me le rappeler. Alors je profitais de chaque moment où il était occupé à parader entre les tables pour passer la porte battante et me remplir les oreilles et le nez des cris, des chants, des odeurs du coup de feu. Je fermais les yeux pour savourer le *staccato* du tranchoir, les grésillements des encornets qui valsaient dans la poêle avec les oignons à peine blondis, le chant adouci de la pulpe de tomates fraîches mijotant avec du vin blanc et de l'ail ; je humais, reconnaissant ici l'odeur acidulée d'un zeste d'orange, là le bouquet plus fade d'un tronçon d'anguille juste sorti du four, ailleurs le parfum puissant, maritime, des couteaux qui s'ouvraient sur un feu vif et livraient leur suc iodé.

Et puis la porte battait, Fabrizio surgissait, me bousculait… Une table était à refaire, *pane e coperto !* La huit attendait son dessert, le couple de Belges sa bouteille de barolo, et qu'est-ce que je fichais là, à sourire aux anges ?

– *Tanto va la gatta al lardo che ci lascia lo zampino !*

Je m'en moquais. J'avais grappillé quelques secondes de délices, quelques précieuses secondes qui me donnaient le courage de supporter tout le reste : ma chambre aménagée dans une ancienne remise à vélos et donnant sur l'arrière-cour (sur les poubelles, en fait), les remarques machistes du patron, les exigences des clients, les maladresses de Dragomir, le garçon de salle, la chaleur opressante de la petite salle et de sa terrasse couverte, en tôle ondulée, sur laquelle on avait entassé des canisses pour cacher la misère, comme disait autrefois ma grand-mère, passée experte dans l'art du camouflage en tout genre. Robes retournées, chaussettes raccommodées, pulls détricotés et transformés en moufles et bonnets. Chemises, chiffons, torchons, bandes pour rallonger une jupe ou élargir un corsage. Toute mon enfance gaspillée à découper, retailler, rafistoler. Et pour les sentiments, c'était la même chose. On les estimait à leur juste degré d'usure, on les rognait pour en ôter la partie pourrie, avec ce fatalisme propre aux démunis qui ne pensent pas mériter plus qu'ils n'ont réussi à arracher au destin, à force de patience et d'endurance, à force de ruse et de cette habileté tendre qui redonne du lustre aux objets de rebut, à tout ce que les autres, les nantis, les heureux, laissent au bord de la route.

On m'a appris ça. Très tôt. J'ai toujours fait avec. Il fallait garder le sourire aux lèvres et l'œil aux aguets, car les petites joies ne font pas de bruit, elles ne s'annoncent pas à grand fracas de cuivres comme les réussites éclatantes, mais elles sont là, blotties dans les interstices, entre deux échecs, une rupture et un licenciement, une humiliation et une gifle, au revers de la vie, en quelque sorte. Si discrètes qu'il faut les débusquer, les prendre contre soi, les protéger du vent. Si fugaces qu'elles ne laissent dans la mémoire qu'une ombre de douceur. Mais c'est avec ces douceurs-là qu'on réussit à survivre.

Après le départ de Fabrizio, j'ai connu trois semaines de douceur. Trois semaines à mener ma barque comme je l'entendais. Je me suis mise aux fourneaux, j'ai changé la carte, acheté un tablier flambant neuf à Dragomir, qui ne s'est pas trop fait prier pour m'offrir en échange la moitié de son lit. Il bégayait parfois, mais il n'avait pas le menton trop râpeux le matin, il buvait modérément et ne ronflait pas. Et j'aimais bien son dos.

J'ai espéré, vraiment espéré, que ça durerait. J'aurais pu prendre la gérance du restaurant, j'en étais capable et j'en mourais d'envie. Mais mon désir ne pesait pas lourd face aux propositions des promoteurs qui guignaient l'établissement, un emplacement en or, pas loin du port mais à l'écart de la foule, pour y construire un immeuble de cinq étages avec toit-terrasse.

J'avais tellement pleuré que je ne voyais plus rien. Rien que les pavés noircis par la pluie, les affiches déchirées sur le mur de l'autre côté de la rue, la terrasse vide avec ses chaises pointant leurs pieds en l'air, et les tables sans nappe, et l'ardoise du dernier soir où s'effaçait l'ultime menu élaboré par mes soins – on ne pouvait déjà plus lire qu'une partie du choix de desserts, *sfogliatella riccia*, *torta caprese*, *gelati*.

Sous mon coude gauche, le gros sac de sport qui m'accompagnait depuis quelques années déjà et contenait tout ce que je possédais, ou presque. Le bilan était plutôt désolant : trente-sept ans, seule et au chômage, sans même la clé d'une chambre dont j'aurais pu dire « c'est chez moi ». Même Dragomir était parti. *Ciao, bella*. Il n'avait jamais été très doué pour les discours, mais là, il avait battu son record.

Où étaient-elles, les grandes et même les petites joies, ce soir ?

C'est alors qu'une fourrure mouillée a frôlé mes mollets nus et qu'un miaulement a couvert le tambourin obstiné de la pluie.

– Salut, toi.

J'avais une voix de vieille fumeuse. Une nouvelle larme a coulé sur mon nez. Ou une nouvelle goutte de pluie. Il y a des moments où la météo et la détresse se confondent si bien qu'on ne sait plus sur quoi on flotte, au sens propre – ou presque.

Le chat s'est installé sur la marche supérieure pour faire sa toilette. Son poil roux, hérissé, et une oreille mutilée lui donnaient un air bagarreur. Un chat des bas quartiers, expert dans l'art de fouiller les poubelles et de défendre son territoire contre les autres matous. Un chat qui en avait vu des vertes et des pas mûres, qui avait sorti ses griffes quand il le fallait et encaissé les coups. Et pourtant il trônait sur la pierre lézardée comme si celle-ci avait été le socle d'une statue antique. Les yeux mi-clos, il léchait sa patte, puis la promenait avec soin sur son museau, sur sa tête et même sur son oreille fendue. Je me souvenais vaguement d'un conte où la pluie avait cessé de tomber sur la campagne parce qu'un chat vexé avait décidé de ne plus jamais passer sa patte pardessus son oreille. Jusqu'à ce que les fermiers, affolés par la sécheresse persistante et la perte de leurs récoltes, lui fassent les excuses appropriées, il s'était obstiné.

Il n'y a pas plus obstiné qu'un chat.

– Tu pourrais t'arrêter, maintenant, lui ai-je fait remarquer. Il a plu toute la journée.

Qui m'avait raconté cette histoire ? Je ne savais plus. Ma mère, avant qu'elle prenne le large pour de bon, dans une bulle irisée et lointaine ? Entre moi et cette lumière, des couches et des couches de mois interminables semblables à des épaisseurs de feutre jetées l'une sur l'autre, où le gris dominait même si quelques fils brillants s'y trouvaient pris. Bien sûr, il y avait eu des couleurs dans tout ça, des flambées, des matins de soleil, une ou deux siestes amoureuses… mais peu à peu le gris avait pris le dessus. Je sentais que cette crasse pelucheuse était montée à l'assaut de mon corps, l'avait recouvert et terni, et que plus personne ne voyait qui se cachait derrière. Fabrizio et d'autres s'étaient chargés de me le faire comprendre : j'étais un thon, une grande gueule, une mal baisée, pour faire court et brutal, deux adjectifs qui caractérisaient assez bien les hommes du genre de Fabrizio.

Le chat avait fini sa toilette. Dans la rue, tout était tranquille. Quelques heures encore et la ville s'animerait à nouveau, les véhicules reprenant leur circulation anarchique dans un concert d'avertisseurs et d'injures, les fumées des pots d'échappement montant devant les façades jaune d'œuf ou vert olive. Les enfants se remettraient à courir et à crier, ils respireraient à pleins poumons la brise de mer et les effluves nauséabonds des moteurs avec le même délice ou la même indifférence. À l'horizon passeraient les paquebots blancs, les goélands empliraient le ciel de leurs cris rauques avant de s'abattre sur les décharges pour y festoyer.

Et je devrais me lever et partir. Il n'y avait rien à attendre ici, ni personne. Je n'avais pas touché mon dernier salaire et mon compte était dans le rouge. Faire le tour de mes possessions terrestres ne me prendrait qu'une minute : une Fiat 500 de 1979 achetée dans une casse dont le patron était un copain de mon avant-dernier employeur, le contenu de mon gros sac, un tabouret de rotin et une plante en pot qui n'avait pas bien supporté l'air fétide de l'arrière-cour du restaurant ni l'ombre continuelle qui régnait sur les lieux. Je l'avais quand même calée entre les sièges, à l'arrière, avec la cocotte en fonte qui me venait de ma grand-mère et dont j'avais toujours refusé de me séparer, même quand j'avais dû la porter en équilibre sur ma tête dans des trains bondés – et elle était lourde, sacrément lourde. Mais c'était le seul objet qui me reliait à certaines chaleurs, et aussi aux premiers plats que j'avais cuisinés. Si je l'avais abandonnée, je me serais abandonnée moi-même.

Je me suis remise sur mes pieds et j'ai chargé mon sac sur mon épaule. Puis j'ai tendu vers le chat une main hésitante. Indulgent, il m'a laissée gratter le sommet de son crâne encore humide.

– Bonne chance, mon vieux.

J'ai renversé la tête pour scruter le ciel, où s'amoncelaient de gros nuages. Une autre averse se préparait.

– Il faut que j'y aille.

À nouveau ce miaulement rauque et péremptoire. J'ai baissé les yeux : le chat s'était levé et, posément, descendait les marches pour me rejoindre.

3

Kamar

Nous ne sommes restés que quelques jours à Izmir, le temps de trouver un passeur. Mon oncle sortait, Hana et moi demeurions cloîtrées dans la plus petite chambre d'un appartement vétuste où bien d'autres avaient dormi avant nous. Beaucoup de femmes, beaucoup d'enfants. Les gens laissent derrière eux des traces de leur angoisse ou de leur ennui, des initiales gravées sur le plâtre des murs, des dessins, des taches de graisse ou d'urine, les enfants effrayés oublient souvent de se retenir, mais aussi des morceaux de leurs rêves, je n'ai jamais autant rêvé que dans cette pièce dont la fenêtre donnait sur une cour, le pignon d'un immeuble bornait la vue, un mur aveugle, pas une ouverture par où surprendre les gestes de la vie normale, celle dont j'étais bannie, les mains d'une femme attachant ses cheveux derrière un rideau mal tiré, un petit garçon émergeant de son bain, ses jambes potelées ruisselantes, une tenture coupée par un rayon de soleil qui en ferait ressortir les broderies. J'ouvrais la fenêtre, même si la femme qui nous avait reçus m'avait recommandé de ne pas me montrer et de ne jamais enlever mon voile, je l'ouvrais à l'heure des repas et je respirais les fumées grasses, les yeux fermés, l'odeur du poisson grillé collait à mes vêtements, on trouvait de tout sur cette côte, rouget, mulet, mérou, espadon et dorade sautaient dans les filets, c'est ce qu'affirmaient les pêcheurs d'ici, ma tante m'avait toujours dit de me méfier des Turcs, ces vantards. Le matin, le soir, je savais de quoi les ventres de l'immeuble seraient remplis, au rez-de-chaussée une femme et ses trois filles préparaient des *börek* fourrés aux épinards, à un autre étage mijotait un *güveç*, je sentais aussi l'odeur de la pâte des *gözleme*, garnies selon les jours de fromage, de pommes de terre ou de viande hachée. Un plat bon marché, mon oncle nous en apportait, nous les mangions froides, à petites bouchées, je n'osais pas me plaindre. C'était la loi, non écrite mais aussi présente et pesante qu'un couvercle de fonte : se taire, ne rien réclamer, ne susciter ni curiosité ni agressivité. J'apprenais vite. Il me suffisait de scruter les traits de mon oncle, de plus en plus gris et tirés. Son dos se voûtait sous sa chemise, ses gestes se faisaient plus courts, il rapetissait, ne disparais pas, lui criais-je en silence, je t'en supplie, ne disparais pas. J'ai tellement besoin de toi. Au début, je les avais suppliés, ma tante et lui, de nous accompagner. Qu'y avait-il encore pour eux là-bas ? « C'est notre pays, malgré tout, avaient-ils répondu, les yeux baissés. Et puis nous sommes trop vieux. » En écho de ces pauvres mots, j'entendais la dure vérité : il n'y avait pas assez d'argent pour nous quatre. Si je voulais respecter leur fierté, je devais feindre d'ignorer leur sacrifice. C'est ce que j'ai fait, le cœur lourd.

Mon oncle partait tôt, aux premières lueurs, et revenait parfois tard dans la nuit. J'entendais son pas, lourd et fatigué, dans l'escalier. Il se laissait tomber sur le matelas poussé contre la cloison – entre le sien et celui sur lequel je dormais avec Hana, il n'y avait que la place de poser les pieds – et appuyait sa tête contre ses genoux. Son souffle heurté s'apaisait peu à peu. Enfin, il soupirait et se couchait, tourné contre le mur, après m'avoir tendu un paquet enveloppé de papier qui contenait notre repas. Nous mangions, puis je m'allongeais, moi aussi, Hana blottie contre moi. Et je commençais à compter les heures. Celles qui s'écoulaient dans la ville indifférente à notre sort, celles, de plus en plus nombreuses, qui me séparaient de la dernière nuit passée dans mon véritable foyer.

– Tiens-toi prête pour demain à sept heures. N'emporte que le nécessaire. Couvre bien la petite.

Il a dit cela, et seulement cela. Et je n'ai pas osé lui poser de questions. Ces mots avaient ouvert en lui un chemin de douleur que je ne voulais pas emprunter, car j'allais y perdre mon courage. J'ai tiré mon voile devant mon visage et j'ai fermé les yeux. J'ai essayé de ne plus compter. J'ai vraiment essayé.

Et maintenant, la mer est là, devant moi. Soulevant ce bateau qui oscille, non, ce n'est même pas un bateau, il ressemble à une pâte de *pide* qui aurait trop gonflé, d'un jaune acide, sa garniture glisse d'un côté à l'autre, ce n'est pas de la viande mais des êtres humains engoncés dans des gilets orange. Semblables à ceux qu'on nous jette et qu'il faut enfiler, vite, plus vite, je me penche pour aider Hana, on me pousse dans le dos avec brutalité, vite, plus vite, ces hommes ne crient pas mais leurs ordres feutrés, hargneux, résonnent à l'intérieur de mon crâne, vite, plus vite, je n'entends plus rien, je suis comme anesthésiée. Mes pieds sont trempés, le bas de ma robe s'enroule autour de mes chevilles comme pour m'empêcher de monter dans cette embarcation déjà trop chargée, et pourtant des corps se lancent à l'assaut des premières vagues, basculent par-dessus les boudins et se recroquevillent à côté de moi, hommes, femmes, enfants, grelottants et paniqués, cela ne finira donc jamais, nous allons nous enfoncer, racler le sable, et tout sera à recommencer.

Hana et moi, nous ne formons plus qu'un seul corps, son cœur et le mien battent ensemble, on ne pourra pas nous séparer, non, personne ne le pourrait. Je me répète ces mots, personne, personne, puis d'autres mots arrivent, et je les récite machinalement pour oublier le froid et la peur, ceux du cahier de recettes de ma mère, j'entends une voix doubler mon chuchotement, montant et descendant au rythme des instructions immuables, dans un grand bol, tu mélangeras l'oignon, le bourghol et le sel, l'eau et la viande, et tu travailleras le tout jusqu'à ce que tu obtiennes une pâte souple, n'oublie pas de mouiller tes mains, ma fille. C'était ainsi que j'apprenais, c'était ainsi que je m'endormais chaque soir. Avec la voix de ma grand-mère, ses mains dans mes cheveux, son parfum de sucre.

La respiration d'Hana devient plus régulière, elle s'est assoupie. Dans cette embarcation bondée, ballottée par le ressac, elle dort. Quelques secondes, quelques minutes de répit. Pendant lesquelles elle n'aura ni froid ni peur. Je pose mes lèvres sur sa tempe, je ferme les yeux ; ne rien perdre des pulsations de sa vie, ne rien perdre d'elle, jamais. Pour la sauver, la conduire en sûreté, je pourrais mourir, ce serait facile, bien trop facile en fait.

À côté de ce que la vie exige de nous, les mères, la mort doit être une fête.

4

Acia

Les abords de la ville, que la Fiat traversait en cahotant sur la chaussée déformée, auraient pu se situer n'importe où, ou presque, dans le monde : mêmes stations d'essence, mêmes chaînes de restauration rapide, mêmes revendeurs de pneus et de pièces détachées.

– Je ne comprends pas ce que tu fais là, ai-je lancé au chat. Et moi, je ne sais pas où je vais. Tu m'entends ? *Je ne sais pas.*

Confortablement roulé en boule sur le siège passager, il a cligné des yeux. Lui comprenait, lui savait, c'était l'essentiel ; du moins, c'était ce que suggérait son attitude. Les lumières défilaient, celles des néons et des panneaux publicitaires, celles, plus faibles, qui éclairaient de loin en loin la voie rapide. Puis les glissières de sécurité se sont effacées et je me suis engagée sur une départementale. Dans le premier virage, la silhouette d'un pin géant a dominé la route, les phares ont glissé sur les feuillages argentés d'une plantation d'oliviers. Plus loin, la nuit gardait encore dans ses plis les champs et des cultures en terrasses, les fermes éparpillées. Les villages surgissaient d'un bloc, comme taillés dans une énorme roche. Un dieu avait peut-être joué avec, des siècles et des siècles plus tôt, et les avait laissés tomber à l'instant où il s'était lassé de son jeu. Et il y en avait eu, des dieux, dans les parages, je le savais même si mes souvenirs scolaires étaient plutôt flous, des forgerons, des messagers, des séducteurs courant les bois à la recherche de jeunes filles égarées ou de nymphes se baignant nues dans les rivières ; des hôtes indésirables, capricieux, vite irrités. Il y avait aussi celui qui s'était penché sur son reflet pour l'embrasser. Un dieu ? Un mortel ? Je ne retrouvais plus son nom. Il avait aimé son image, et cette image l'avait entraîné dans la mort.

En levant la tête, j'ai croisé mon regard dans le rétroviseur. Un coin du miroir était cassé, une brisure en étoile dont une branche filait vers le coin opposé, coupant en deux le haut de mon visage. Cheveux châtains tordus en un chignon – si on pouvait appeler ça un chignon – et retenus par un peigne en écaille planté à la va-vite, nez droit et fin, paupières bombées. Mieux valait ignorer les cernes, cela faisait un bail qu'ils s'étaient installés là. On m'avait souvent dit que j'avais des lèvres gourmandes mais, ces derniers temps, leurs commissures s'affaissaient sous l'effet de la frustration. Impossible d'aimer cette image-là jusqu'à en mourir d'extase.

Depuis un moment, j'avais l'impression que le moteur émettait un son bizarre. Une sorte de grondement. Ou de vrombissement. Pourvu que ce vieux clou ne tombe pas en panne ! Je n'avais pas besoin de ça. J'ai trituré le rétroviseur, donné un coup du plat de la main sur le tableau de bord, mais le bruit semblait gagner en intensité. Je me suis rangée sur le bas-côté et j'ai coupé le contact.

Le bruit ne venait pas du moteur, mais du chat. Il ronronnait.

À cinq heures du matin, la *piazzetta* où j'ai garé la Fiat n'abritait que des tourterelles dont les ailes claquaient contre les murs de l'église. Un bruit plaisant. Je suis sortie de la voiture, j'en ai fait le tour et j'ai ouvert la portière au chat. Après avoir bâillé, il a sauté à terre avec la majesté d'une star de cinéma des années quarante et a trotté vers un muret, qu'il a contourné avant de disparaître. Je me suis cambrée, les mains sur les reins. J'avais mal au dos et il me fallait un café. L'unique établissement du village, coincé sous les restes d'un ancien viaduc romain, était encore fermé. J'ai frappé aux volets sans obtenir de réponse. Il ne me restait plus qu'à attendre. Ça, je savais faire. Je me suis assise sur un banc. En face de moi s'alignaient une demi-douzaine de poubelles aux couvercles bleus d'où débordaient des cartes postales et des liasses de lettres couvertes d'une petite écriture soignée. De vieux magazines, des catalogues de tricot, des albums de photos : une vieille du village était morte et ses héritiers, sans états d'âme, avaient tout balancé aux ordures. Le baromètre en forme de crucifix surmonté d'un médaillon de la Vierge, les têtières de fauteuil au crochet, des chaussons usés, un étui à lunettes. Des agendas aussi. Toute une pile. J'ai tendu le bras pour atteindre celui qui se trouvait sur le dessus et je l'ai feuilleté. *Visite au séminaire à 11 heures. Dîner avec* zia *Antonella. Lessive. Penser à changer l'ampoule de l'escalier du grenier. Umberto a commencé son apprentissage au garage. Aller chercher les cageots d'artichauts chez L. Fête de San Luca à Praiano avec papa et les enfants. Maman trop malade pour venir.* Quelques pages plus loin, une seule mention figurait à la date du 5 juillet : *Maman est morte à 9 heures, ce matin. Elle avait 83 ans et demi.*

J'ai laissé glisser mon doigt jusqu'au bas du feuillet. Une seule phrase, et puis ce vide. Pas de détails concernant les funérailles, l'héritage, les lettres de condoléances. Les pages suivantes étaient vierges, vingt-sept, je les ai comptées tout en me demandant pourquoi ce chiffre me paraissait soudain si important. Vingt-sept jours, était-ce le temps du silence ? Un temps où il paraissait inutile et même indécent de noter les menues corvées à accomplir ou les distractions, déjeuner du dimanche, promenade sur les crêtes, même si la lumière était tendre sur le mur de l'autre côté de la rue, et le parfum des roses, toujours aussi puissant ?

Une bouffée de colère m'a submergée. Je ne savais pas qui avait vidé la maison de cette femme – car c'était une femme, j'en étais sûre –, mais *ils* n'avaient pas le droit d'agir ainsi. Je me suis levée et je suis retournée vers la voiture. Dans le coffre, il y avait une couverture bleue, mitée mais encore assez propre ; je l'ai déroulée devant les poubelles et j'y ai entassé les agendas, les lettres et les cartes, avant de nouer les quatre coins du tissu. J'allais les emporter, pour en faire quoi, je n'en avais aucune idée, mais je ne pouvais pas les laisser là. Il y a des choses qu'on ne peut pas juste abandonner sur le bord de la route – comme le fait-tout de ma grand-mère.

En me redressant, j'ai aperçu autre chose. Sur le seul autre banc de la *piazzetta*, disposé symétriquement de l'autre côté des conteneurs (pourquoi les placer là, d'ailleurs ? Peut-être à cause de l'ombre ou des va-et-vient inévitables et propices à la conversation), était posé un livre.

5

Kamar

Une traversée courte et sûre. C'est ce qu'ils ont dit à mon oncle juste avant de claquer les portes des camionnettes. Quatre ou cinq heures, pas plus. Combien sommes-nous ? Cinquante, soixante ? Davantage ? Même si je voulais renoncer, nager jusqu'à la plage, ce serait impossible. Il faudrait s'extirper de cette masse de corps, piétiner une jambe, un bras, les doigts sont si fragiles, cassent comme des brindilles sèches, marcher sur la douleur, non, je ne peux pas.

Bruit de moteur. Odeur de gasoil, suffocante. Nous sommes partis. Il est trop tard pour changer d'avis, pour retourner vers la terreur familière, vers la mort – celle-là, au moins, je la connaissais, je l'entendais venir, je lavais le linge avec elle, cuisais avec elle le riz plein de charançons, j'avais déjà vu ses innombrables visages, celui de notre voisin, Skander, ses paupières baissées à jamais sur ses yeux lumineux, son ventre ouvert, celui de cet enfant fauché en pleine rue par une rafale de balles, celui de cette femme âgée adossée à un muret, le seau qu'elle venait de remplir renversé à côté d'elle, l'eau diluant son sang. Contre moi, Hana respire, son souffle est heurté, je suis sûre qu'elle a peur et qu'elle ne veut pas me le montrer. Ma si courageuse petite fille. Je ne peux pas faire moins qu'elle.

– Tout ira bien, *kbida*. Je suis là, tout ira bien.

La proue arrondie est maintenant dirigée vers la pleine mer. Je refoule mes propres angoisses. Là-bas, nous serons en paix et en sécurité. Là-bas, les enfants ne jouent pas à quelques pas des cadavres ; ils ne passent pas leurs nuits dans des caves, leurs écoles ne sont pas bombardées, ils ont à manger, on ne les enlève pas pour les torturer. Là-bas, Hana pourra rire et courir dans des jardins toujours verts.

Là-bas.

Autour de moi, des visages figés, blêmes. La lumière diffusée par les écrans de téléphones portables accuse leurs traits tirés de fatigue. Ils tapent des messages d'adieu. Des messages d'espoir. Les mots mêmes que je chuchote à ma fille pour l'apaiser. Tout ira bien. Nous sommes ensemble. Nous prendrons soin l'une de l'autre. Ne vous inquiétez pas pour nous, vous aurez très vite des nouvelles. Dis à ma mère que je l'aime, que je n'oublierai pas. Si j'avais encore mon téléphone, c'est ce que j'écrirais à ma famille.

Ma tante m'a tenu lieu de mère. Mon oncle m'a tenu lieu de père. De mes parents, je n'ai plus qu'une photo, prise le jour de leur mariage. Quand j'étais enfant, je l'embrassais tous les soirs pour leur souhaiter une bonne nuit. À force de presser mes lèvres sur le papier glacé, les couleurs ont passé, le visage de ma mère, surtout, s'est brouillé. Ses yeux, sa bouche, ses dents si blanches, son sourire… Ils surgissent dans ma mémoire comme des fragments d'un puzzle que je ne parviens pas à reconstituer. Ils étaient si beaux, si jeunes. Prêts à dévorer la vie. Comme moi, il n'y a pas si longtemps.

Comme Assâad, celui que j'avais choisi comme compagnon. Mon mari, le père de ma fille. Si j'oubliais un jour son visage, j'aurais envie, moi aussi, de basculer, d'être avec lui, même là où les âmes peut-être se cherchent sans se trouver jamais. Il me poursuit, le jour, la nuit, mais aujourd'hui il ne faut pas, bien-aimé, tu dois me laisser quelques heures, je t'en prie. Je dois apprivoiser chaque vague, chaque secousse, mon corps doit revenir aux jours où je portais notre enfant en moi, il doit s'oublier pour ne plus être que la forteresse où elle s'abritera, où le destin l'oubliera enfin – jusqu'à ce que la nuit touche à son terme et que la côte apparaisse dans les vapeurs de l'aube.

Le moteur hoquette, les écrans se sont éteints, faute de réseau. L'homme de barre, immobile, est une statue posée contre le ciel. Le soleil va monter, la mer devenir une plaque de métal chauffée à blanc, la chaleur nous tiendra dans son étau. J'ai de plus en plus soif. La sueur coule déjà dans mon dos, mêlée à l'écume qui s'abat en gifles brutales sur la masse humaine tassée dans l'embarcation. La coque rebondit sur les vagues, mes voisins gémissent, prient, grondent tout bas, les sons se mélangent, c'est une plainte sans commencement ni fin, je sais déjà que je l'entendrai jusqu'à mon dernier jour. Et que rien ne pourra la faire taire tout à fait.

Quatre heures, pas plus, ont-ils dit. Combien en reste-t-il ? Je perds très vite la notion du temps. J'ai calé entre mes jambes le sac en plastique qui contient ce que nous avons eu le droit d'emporter : un change pour Hana et pour moi, nos papiers, quelques billets pliés, scotchés à l'intérieur de la couverture d'un carnet où mon oncle a écrit le nom et l'adresse de son plus jeune frère, cuisinier dans un restaurant d'Exarchia, un quartier d'Athènes.

C'est là que je dois aller à mon arrivée. Il y aura du travail pour moi, un lit pour Hana, de quoi manger.

Dans le sac, il y a aussi une cuillère à long manche qui a appartenu à mon arrière-grand-mère ; son époux l'avait taillée pour elle dans du bois de frêne, un des arbres qui poussaient un peu partout autour de leur maison. Le frêne est robuste, il résiste bien au gel et à la sécheresse. Le long du manche, mon arrière-grand-père a sculpté des roses stylisées et, juste sous la partie évasée, un soleil entouré de ses rayons. Le bois a pris la couleur des nombreux plats cuisinés par quatre générations de femmes, un ocre clair marbré de rose. Ma mère l'a donnée à ma tante quelques jours avant sa mort. C'est l'objet le plus précieux que je possède. Le seul qui me restera, si j'ai de la chance. C'est peu et c'est beaucoup : plus de cent ans de tablées joyeuses ou affligées, de secrets chuchotés au-dessus du feu, de larmes tombées dans la sauce, de rires, d'appels, de chants, de corps se joignant dans l'intimité d'une chambre, de mots d'amour et de disputes.

Je glisse une main dans le sac, caresse le bombé de la cuillère. Elle a remué l'orge des combats incessants, si difficile à trouver, cédé à un prix exorbitant. Elle a remué des soupes d'herbes quand il n'y avait plus rien d'autre, quand on fouillait les poubelles dans l'espoir de dénicher une feuille de salade, une demi-tomate tachée, une pelure de fruit, n'importe quoi. Elle a remué du vide quand les bombes s'abattaient sur les rues voisines, quand seul ce geste me calmait. Assise dans un angle de mur, Hana contre moi, je tenais la marmite entre mes jambes et je tournais, je tournais, attentive au choc répétitif du bois contre le métal. Si je parvenais à ne plus entendre que ce bruit ténu, alors tout le reste s'arrêterait.

J'avais peut-être ce pouvoir. Je voulais, de toutes mes forces, y croire.

Pauvre folle.

On ne voit plus la côte. L'eau nous cerne, faussement paisible. Ils sont si nombreux à s'être noyés. Des hommes, des femmes, des mères et des pères avec leurs enfants, des familles entières. Je crois voir leurs visages monter vers moi au creux de chaque vague qui gonfle et déferle sous le bateau. Ils ouvrent la bouche pour me crier quelque chose, mais je ne les entends pas, le ressac les emporte, nous emporte. Dans le bateau, un homme dit : « Ça y est. » Je ne comprends pas. Le murmure court entre les têtes penchées, les bras fermés sur les torses ou le corps frêle des enfants, garçons et filles, ils sont une dizaine. Le murmure revient, plus précis : « Ça y est, on a quitté les eaux territoriales. » La zone où les patrouilles de garde-côtes auraient le pouvoir de nous obliger à faire demi-tour pour nous renvoyer – où ? Les langues se délient, certains tentent le passage pour la deuxième, voire la troisième fois. Ils racontent les camps d'internement, les cellules communes où l'on dort à même le sol, le manque de nourriture et d'eau, les interrogatoires musclés, les expulsions. Ils disent les bagages confisqués, les familles séparées, les enlèvements, les détentions de plusieurs jours dans des appartements aux volets fermés, la guerre que mènent les passeurs les uns contre les autres. La danse affolée des yeux contre les murs des prisons successives, l'attente interminable, la peur de mourir là, de suffocation, de faim, d'oubli.

Je ne veux plus les écouter. J'abaisse un peu plus mon voile, je rapproche mes lèvres du front de mon enfant. Sa peau moite. Tiède pourtant. Elle est en vie. Nous sommes en vie, toutes les deux.

Personne ne quitte sa maison à moins que celle-ci ne soit devenue la gueule ouverte d'un requin, j'ai lu cela dans un poème, il y a… je ne sais plus. Quand Assâad était en vie, le temps filait si vite, nous n'en avions pas conscience, on ne prend pas la mesure de la joie avant qu'elle ne vous soit retirée. J'ai cette image de mes doigts ouverts et d'un flot de lumière soyeuse jouant sur mes bracelets, caressant les joues d'Hana, âgée de quelques mois. Elle riait et tentait d'attraper les grains de poussière en suspension, comme tous les enfants l'ont fait un jour ou l'autre depuis le commencement du monde. J'ai cette image et bien d'autres, des draps étendus sous les arbres, les motifs d'un tapis, la danse des femmes sous une tente de mariage, au bout de mon doigt un petit monticule d'épices, poivre noir, poivre doux, cardamome, noix de muscade, gingembre, coriandre, cannelle, encore des mots à scander tout bas comme tout à l'heure, ou hier, les recettes, des mots dotés d'un pouvoir, mais sera-t-il suffisant, il n'a pas pu se dresser contre le déluge de feu et de fer qui s'est abattu sur nous, nos villes, nos jardins, a tranché des membres, foré des entrailles, fendu nos vies en deux, l'avant, l'après, et nous arrache à présent aux êtres aimés.

Assâad, je te laisse là-bas, chez nous, comme une part de la terre, une richesse ; pas seulement ta chair mais aussi ton sourire, ton regard, tes gestes. Ta présence auprès de moi, la nuit, va-t-elle s'évaporer avec le sel qui me brûle la peau ? J'ai passé tant d'heures couchée auprès de toi, auprès d'un mort, invisible mais si présent. Je te suppliais tout bas, sans ouvrir les yeux : que veux-tu ? Parle, fais un signe, n'importe lequel. Viens dans mon rêve, que j'entende ta voix vivante, que je te poursuive avec l'espoir de te rattraper un jour.

Toujours tu te refusais. Te retirais. T'effaçais.

Cette pâte sèche dans ma gorge, c'est la lie des mots que je n'ai pas prononcés quand il était temps encore.

Un jour, avant notre mariage, tu m'as avoué que tu prenais deux douches par jour. Froides, as-tu précisé. Que tu frottais ta peau au gant de crin. Tu soignais ton corps comme on soigne un cheval dont on espère qu'il va remporter une course. Ou nous mènera loin.

Vois où il t'a mené, ce corps lisse et solide, cet auxiliaire dont tu étais si sûr. Depuis le début des bombardements, tu insistais sur la discipline nécessaire, ne pas se négliger, brosser les vêtements qu'on ne pouvait pas laver, rester propre. Quand tu n'étais pas à l'hôpital avec les secouristes volontaires, quand tu ne ramassais pas les cadavres dans les rues, tu sortais quand même, dans l'espoir de trouver de l'eau, des provisions, des livres. C'était un devoir, disais-tu. Un devoir !

Ton devoir, Assâad, était de te garder en vie. Pour moi, pour notre fille. Pour cet avenir dont nous avions rêvé, tu reprendrais tes études de droit et tu entrerais en politique, il y avait tant à faire, la justice, répétais-tu, la justice pour tous, la fin de ce pouvoir de l'argent qui corrompt et détruit, de ces fortunes anciennes ou récentes proliférant comme des cancers, rongeant les hommes qu'elles asservissent.

Et maintenant. Et maintenant ?

6

Acia

Quand j'avais six ans, la voisine qui me gardait a laissé brûler une pleine fournée de gâteaux. Étalée à plat ventre sur le carrelage de la cuisine, je faisais rouler un tracteur en plastique le long des joints encrassés. La porte était loin, elle ouvrait sur un gouffre noir d'où montait un relent de cave, le voisin travaillait pour une coopérative vinicole, et j'entendais, en bas, s'entrechoquer les bouteilles qu'il rangeait par six ou douze dans des casiers en plastique, travaillant vite, sifflotant un air ringard que je chantonnais, moi aussi. *Les sirènes du port d'Alexandrie chantent encore la même mélodie...* Est-ce que j'irais jusqu'à cette porte, cette porte qui me faisait peur, avec mon tracteur ? *La lumière du port d'Alexandrie fait naufrager les papillons de ma jeunesse...* Le jouet avait peut-être le pouvoir de repousser les monstres qui sûrement grouillaient en bas, il fallait tenter l'aventure. Mais du four venait depuis quelques minutes une odeur merveilleuse, qui s'épanouissait à la manière d'une fleur dont les pétales auraient renfermé une poche de sucre roussi. Cela sentait aussi bon qu'à la boulangerie-pâtisserie, le dimanche en fin de matinée, quand les plateaux couverts de tartes aux pommes encore chaudes étaient déposés sur le comptoir vitré. Ma grand-mère n'achetait jamais de gâteaux, se contentant d'une demi-baguette, et je me nourrissais de l'odeur des fruits confits par la cuisson, l'aspirant tant que nous restions dans la boutique – et il y avait souvent la queue, ces jours-là, il fallait attendre, et c'était à la fois bon et torturant –, remplissant mes poumons et ma mémoire, tant que je pouvais, de douceur moelleuse.

Ce jour-là, oubliant le tracteur rouge et la cave, j'ai humé et humé, saturée de bonheur, jusqu'à ce qu'un mince filet de fumée s'échappe de la porte du four et que le délicieux parfum change subtilement de nature : on aurait dit que quelqu'un avait allumé dans le jardin un feu de feuilles et y jetait des branches couvertes des prunes flétries de l'été passé. C'était bon aussi, mais autrement. Et puis l'odeur est devenue âcre et suffocante, et je me suis mise à tousser, alors que la voisine entrait en coup de vent dans la cuisine et arrachait son tablier pour saisir la poignée brûlante. « Mais pourquoi tu ne m'as pas appelée, petite idiote ? » Les financiers étaient à présent d'un brun foncé mais conservaient leur forme de lingots ; quand, plus tard (la rougeur de ma joue enfin atténuée – la femme n'était avare ni de gâteaux ni de gifles), j'ai pu en briser un, j'ai vu qu'une partie de la pâte, plus fine qu'une langue de chat, était restée blanche et gardait le goût des amandes que j'avais, par faveur spéciale, pilées dans le vieux mortier de bois.

Mon premier geste de cuisinière. Depuis, j'ai préparé des centaines de repas, d'abord dans la cantine scolaire où, mon CAP en poche, j'avais été embauchée, puis dans un petit bar-restaurant à Saint-Maur-des-Fossés qui n'avait pas changé depuis les années soixante. On y servait, le midi, un plat du jour et des omelettes, du pâté, des œufs mimosa, des raviers de radis ou de saucisson.

La patronne, auvergnate, toujours sanglée dans un tablier bleu sombre, portant chignon et corset, nous menait à la dure. « Madame Thérèse », comme l'appelaient les habitués, m'a appris quelques tours de main, ce qu'il fallait, le reste, clamait-elle, c'était pour les bourgeois, une femme devait savoir faire cuire l'oie avec les abattis, confectionner un pâté, la soupe et le pounti, avec ou sans lard gras mais toujours avec des pruneaux et des bettes coupées menues. Et ça suffisait bien.

J'étais d'accord. J'étais toujours d'accord. La docilité était une protection contre tout ce qui me faisait peur, être remise à la rue ou retourner dans le foyer où j'avais échoué quand les services sociaux avaient estimé que ma grand-mère n'était plus capable de s'occuper de moi. Mon père était mort avant ma naissance, une bagarre qui avait mal tourné, ma grand-mère s'en trouvait presque fière, au moins son fils était un homme, un vrai. Quant à ma mère, elle était partie depuis si longtemps que j'avais oublié son visage et son prénom. Je ne connaissais d'elle que la carte postale envoyée chaque année pour le jour de mon anniversaire, invariablement une vue de Lourdes, le portail de la basilique Notre-Dame-du-Rosaire et ses mosaïques, la Vierge tenant d'une main un grand lis doré et de l'autre le fameux rosaire, il ne lui restait aucune main pour l'enfant debout sur ses genoux, d'ailleurs elle semblait bien maussade, cette madone, pas vraiment ravie d'être là, chargée d'un enfant, exposée aux regards de la foule souffrante. Ma mère n'avait pas dû être contente, elle non plus, d'hériter de ce gros poupon que montraient de rares photos, un cliché flou pris probablement alors que je faisais mes premiers pas, en robe tricotée, houppette de cheveux noués d'un ruban déjà flétri, et un autre où je posais, très raide, à côté d'une encombrante poupée gagnée à la foire par mon père, à seize ans, pour sa petite amie. Je haïssais cette poupée. Chez ma grand-mère, elle trônait sur le lit, qu'il fallait refaire chaque matin, tirant le couvre-pieds en chenille orange jusqu'à ce que tous les plis aient disparu, sa jupe couvrait l'oreiller, elle me regardait de ses petits yeux noirs arrogants sous le chapeau bordé de plumes qui n'avaient pas tardé à être la proie des mites et à se changer en une matière étrange, duveteuse, que le moindre courant d'air soulevait et portait dans l'un ou l'autre des coins de la chambre. Ma grand-mère l'appelait « la garce de Palazzo ». C'était aussi le nom qu'elle donnait à ma mère, les rares fois où elle l'évoquait.

– C'est tout ce qui reste d'elle, grommelait-elle, et tant mieux. La garce. Me faire ça, à moi. Me laisser sa fille sur les bras.

Je préférais les tracteurs, les petites voitures, et, depuis l'épisode des gâteaux brûlés, les ustensiles de cuisine. Pas les jouets pour faire semblant que possédaient certaines de mes camarades de classe, cuillères minuscules et fourneaux de la taille d'une boîte de sardines, casseroles juste assez grandes pour une framboise équeutée, mais une vraie poêle récupérée sur la décharge et récurée au sable, une louche offerte par la voisine peu rancunière, et même un rouleau à pâtisserie si lourd que j'avais du mal à le soulever. Le jour où l'une des femmes de service du foyer m'avait abandonné l'un de ses vieux tabliers – ce modèle en coton bleu dont la couleur, au fil des lavages, avait pâli, et que je retrouverais plus tard autour de la taille de madame Thérèse –, j'avais connu l'une des plus grandes joies de ma vie. Enroulée dans la toile usée et douce, je pouvais oublier où je me trouvais et bâtir en pensée un palais de pain d'épices aux murs ruisselants de caramel, aux escaliers taillés dans de fines rondelles de pommes dorées au beurre, aux meubles décorés de cerises confites et d'éclats d'angélique. Il fallait bien ça pour donner de la couleur et de la saveur à la nourriture insipide, aux visages épuisés des éducatrices. À cette vie qui n'en était pas une, réduite à une attente, à une déambulation sans fin dans ces couloirs où l'air stagnait depuis cent ans peut-être, un air que trop de poumons avaient aspiré et rejeté.

Sur la couverture du livre, un piment de forme curieuse occupait la place du titre. Il ressemblait à un lézard endormi au soleil, ce soleil qui venait juste de dépasser le mur crénelé de l'église et tombait sur mes mains. Je les ai regardées avec détachement, notant les taches rousses qui les constellaient, la peau sèche, les ongles rongés. Ce n'étaient plus des mains de jeune femme, elles avaient souvent reçu la brûlure de l'huile bouillante, il leur en restait des marques, au pli du poignet.

Des mains laides, utiles, malgré tout, et assez habiles.

J'avais faim tout à coup, très faim. Je rêvais d'un café *ristretto* et d'une *sfogliatella*, ou non, plutôt de quelque chose de plus consistant, une tranche ou deux de *provola affumicata*, bien fraîche et coulante, avec du pain croustillant, juste sorti du four.

En y regardant de plus près, j'ai vu que la photo du poivron avait été soigneusement découpée et collée sur le carton, puis recouverte d'un plastique transparent comme ceux qui protégeaient les volumes des bibliothèques publiques. Chaque recette avait été soit écrite à la main, soit tapée sur une machine à écrire ; sur certaines, le « n », mal réglé, s'imprimait un peu plus haut que les autres lettres. Seules les dernières avaient été saisies sur un ordinateur. D'autres photos les illustraient, mais aussi des dessins, des notes en marge, plusieurs cartes postales gondolées par une couche de colle trop épaisse, et même un billet de banque – un billet de mille zlotys, froissé et percé de trous d'épingles.

Sur la page de garde figurait une liste de noms et de lieux. *Debora, Lucia, Trofimena, Pasqualino, Orsina, Immacolata, Esther, Rina, Fabio, Silvio…* Ce livre faisait-il partie du chargement jeté à la poubelle ou avait-il été déposé sur le banc pour y être découvert par un passant curieux ?

La dernière ligne manuscrite n'indiquait aucun prénom ; un espace blanc le remplaçait, devant le mot « Palazzo », précédé d'un tiret et suivi de deux lettres énigmatiques, « AS ».

Perplexe, j'ai froncé les sourcils. *Palazzo* ? Comme « la garce de Palazzo » ? Je n'avais jamais réfléchi à ça. La garce de Palazzo, c'était ma mère. Son identité, son portrait tronqué, à prononcer avec des tirets, la-garce-de-palazzo, une sorte de cicatrice posée sur ma vie pour rappeler que là, il y avait eu quelque chose, une excroissance maligne, peut-être un cancer, et qu'on me l'avait retiré avant qu'il ne me ronge de la peau aux os. Je ne savais même pas si ma mère avait filé d'elle-même ou si la vieille l'avait jetée dehors. Quand j'avais voulu aborder le sujet, il était trop tard. La Faucheuse, en passant, avait fait le grand ménage. Une névrose en moins, allez.

Le mot pouvait désigner un bâtiment, mais, dans ce cas, il aurait été suivi d'un nom : *palazzo Pitti*, *palazzo Grassi*, *palazzo Vecchio*… C'était peut-être une ville – un village, plutôt. Que signifiait « AS » ? Et pourquoi cet espace vide ? Si ces recettes, passées entre de nombreuses mains, appartenaient maintenant à une cuisinière habitant Palazzo – si toutefois Palazzo il y avait –, pourquoi ne pas mentionner son prénom ?

La réponse s'est imposée aussitôt : parce que cette cuisinière n'était pas encore en possession du livre. Parce que le livre n'avait pas terminé son voyage.

J'ai haussé les épaules. J'étais en train de me raconter tout un roman. Les livres ne voyageaient pas. Et pourtant...

J'ai sorti de la poche intérieure de ma veste le smartphone d'occasion que j'avais négocié, au *Pulcinella*, contre quatre jours de plonge, appuyé sur l'icône du moteur de recherche et tapé : *Palazzo AS, Italie.*

Alors qu'une liste de résultats apparaissait à l'écran, celui-ci s'est obscurci : le chat, ayant fini son petit tour, venait de sauter sur mes genoux et se lovait sans façon sur l'appareil. J'ai protesté, mollement :

– Écoute, le Chat... Tu ne crois pas que tu exagères ?

Il a levé la tête, la truffe frémissante. Non, il n'exagérait pas – c'était bien une manie humaine, semblait-il affirmer, de mettre de grands mots sur des actions parfaitement naturelles. Je l'ai si bien compris que j'ai failli m'excuser. Avec précaution, j'ai retiré ma main gauche, restée coincée sous le petit corps chaud, sans réussir toutefois à récupérer mon portable.

Je n'en avais pas vraiment besoin, pour l'instant. J'avais eu le temps de voir que Palazzo se trouvait en Ombrie, dans la commune d'Assise. AS, donc. Un simple hameau. Où se situait Assise, déjà ? Plissant les paupières, j'ai tenté de replacer les villes sur une carte mentale, dont, je le savais, les contours resteraient imprécis. Je n'avais jamais été très douée pour la géographie. Mais je me souvenais qu'Assise, c'était la ville de saint François (celui qui parlait aux oiseaux et aux fleurs, voilà tout ce que je savais de lui). Je voyais l'Ombrie, approximativement, au sud de la Toscane. Et Assise ? Eh bien, par là. Il faudrait consulter une…

J'ai mis fin à ce monologue intérieur en réalisant que j'avais déjà décidé de me rendre dans ce village dont, la veille, je ne connaissais même pas l'existence. Je devais être frappée d'une sorte de folie. Me retrouver au chômage et sans domicile fixe m'était monté au cerveau, sans aucun doute – et pourtant, l'expérience de la solitude, comme celle de la pauvreté, n'avait rien de nouveau pour moi. Mais je n'avais jamais déraillé à ce point. Je n'espérais tout de même pas y retrouver ma mère ? Si j'en avais eu envie, j'aurais entamé mes recherches bien plus tôt.

Le chat a posé sa patte sur le dos de ma main et a commencé à la pétrir, sortant, puis rétractant ses griffes. Ses yeux étaient magnifiques : un miroir liquide, ambré, où veillait une lueur sagace.

– Qu'en penses-tu, le Chat ?

Voilà. C'est comme ça que débute la grande dégringolade : on se met à parler à un chat, ou à un ridicule petit chien pourvu d'un manteau écossais et de bottines imperméables pour l'hiver. À brève échéance, c'est l'hôpital psy, la télé allumée en permanence, les séances d'art-thérapie, puis, à la fin de tout ça, l'urne funéraire proposée en dix modèles dans le catalogue des pompes funèbres, du plastique moulé au faux marbre de Carrare.

Je me suis brusquement levée, délogeant le matou, qui a protesté en miaulant, puis s'est éloigné d'un pas fier vers… la voiture.

Je n'étais pas près d'en être débarrassée, de celui-là.

Juste avant la nuit, la batterie de mon portable a lâché, et la voix qui m'avait ordonné, une minute plus tôt, de tourner à gauche s'est tue sans même un grésillement annonciateur. J'ai quand même pris le virage, continué à rouler sur quelques centaines de mètres et ralenti au croisement de deux routes secondaires dont nulle inscription ne signalait les destinations, proches ou lointaines. Depuis cinq ans que je vivais en Italie, j'avais pris l'habitude de la fantaisie qui présidait partout à l'installation des panneaux indicateurs et à l'estimation des distances à parcourir. On pouvait se trouver à dix kilomètres d'une ville et se réjouir avec candeur d'être bientôt arrivé ; un quart d'heure plus tard, douze ou quinze de ces mêmes kilomètres vous en séparaient encore. Des déceptions qui préparaient l'âme aux bonnes surprises. Et puis il y avait des êtres vivants sur le bord des routes, toujours prêts à vous renseigner et à vous détailler leur itinéraire préféré, lequel se révélait lui aussi fantaisiste – mais vous étiez passé au bord d'un torrent ou devant une fontaine, et la chapelle abritant une Vierge du XVe siècle valait bien un détour d'une demi-heure puisqu'elle emplissait le ventre des femmes stériles et soulageait les piqûres de scorpion. J'aimais me laisser porter au fil de ces explications parfois embrouillées – on arrive toujours assez tôt, je l'ai souvent constaté, pour ce qui nous attend au terme de la route.

Mais ce soir, la route en question était déserte sous un ciel blanc et vide, et je ne pouvais m'en remettre qu'à mon intuition. Je suis sortie de la voiture. Je ne voyais que des champs sans relief qui, à faible distance, devenaient obscurs et, au bord de la route, un tas de branches contre lequel se soutenait une *conigliera* rapetassée. Les portes des logettes étaient ouvertes, leurs pensionnaires à longues oreilles s'en étant échappés pour rejoindre la liberté ou la marmite, allez savoir. L'une conduisait généralement à l'autre.

Le chat, qui n'avait pas quitté son siège, a miaulé avec une certaine exaspération. J'ai maugréé :

– Je voudrais bien t'y voir.

L'y voir, pourquoi pas. J'avais déjà tenté le destin plus d'une fois et, ce soir, personne ne serait témoin de ma folie.

J'ai contourné la Fiat, ouvert la portière côté passager et pris le chat dans mes bras. Puis je suis retournée au centre du carrefour et j'ai posé mon nouveau compagnon sur ses pattes avant de lui lancer, d'un ton de défi :

– Alors ?

7
Kamar

Cette nuit n'aura jamais de fin. Nous sommes là, serrés les uns contre les autres, une seule créature dotée de têtes, de bras, de jambes, nous partageons l'eau salée, la sueur, la pisse qui clapote au fond du bateau, les enfants – et pas seulement eux – ont du mal à se retenir, encore plus de mal à se soulager par-dessus bord. J'ai hissé Hana sur mes genoux pour qu'elle ne soit pas éclaboussée. Elle tremble. Je n'ai pas entendu un mot de sa bouche depuis que nous avons embarqué. Du doigt, je cherche ses lèvres pour m'assurer de leur souplesse, je me courbe jusqu'à sentir son souffle. Elle respire. Je colle sa tête contre ma poitrine, dans l'espoir que les battements de mon cœur lui donneront de la force.

Le cœur de ma mère. Comme j'aimerais l'entendre, moi aussi. Retourner là, dans son ventre, redevenir germe de vie, enveloppée de son amour.

Maman. *'Umi.*

Si, au moins, le ciel se dégageait. Si, au moins, une étoile, une seule, émergeait des nuages.

Nous avons déjà croisé trois chalutiers. Leurs feux émergent à l'horizon, brillent un moment au-dessus de la houle, puis disparaissent. Aucun ne s'est approché. Je les ai suivis des yeux, imaginant les marins dans leurs cabines, bien protégés par leurs polaires et leurs cirés, en train de boire un café ou d'échanger des nouvelles avec d'autres pêcheurs. Pour eux, nous ne sommes qu'une épave à la dérive. Moins qu'une balise, moins qu'un casier vide qu'ils pourraient récupérer. Ils ne nous voient pas ; peut-être préfèrent-ils ne pas nous voir. Comme le reste du monde.

Nous sommes des abandonnés.

Quand j'étais enfant, je rêvais que mon lit était un bateau. Chaque soir, en me couchant, je reconstituais un scénario dont je connaissais les moindres détails : la nuit, le vent, un grand cheval trottant sur un chemin de sable, la surprise d'une forêt de lanternes apparaissant au détour d'une dune. Une barque amarrée à une digue étroite dansait sur la houle, je sautais de ma monture pour y embarquer. Le cheval était presque noir, avec des yeux liquides et doux, sa longue crinière s'enroulait autour de mes poignets, son souffle caressait ma paume quand je lui tendais une friandise pour le récompenser. Des torches m'escortaient sur la digue, je montais dans l'esquif, qui aussitôt s'écartait du môle et voguait vers un navire à l'ancre. J'apercevais au loin ses mâts chargés de voiles blanches. Je rejoignais son bord par une échelle de corde ; une cabine s'ouvrait pour moi, chaude, accueillante avec ses tapis et ses soieries de couleurs vives. Je m'allongeais parmi les coussins et fermais les yeux. Sous moi, je sentais l'ébranlement de la lourde coque s'arrachant à son mouillage et je glissais doucement vers le sommeil. D'autres rêves m'attendaient en haute mer, sur ce navire que j'abandonnerais peu après l'aube, et qui filerait sur son erre pour l'éternité. Non.

Pas pour l'éternité puisqu'il reviendrait me chercher, une autre nuit, je ne savais pas quand.

Jamais je ne me suis demandé quelle était sa destination, jamais je n'ai pensé aux dangers qui guettent ceux qui s'en vont sur l'océan. J'étais si confiante. Si protégée.

– *'Umi...*

Hana. Le mot s'est expulsé de sa bouche dans un souffle épuisé. Elle sait qui la tient dans ses bras, elle ne s'est pas égarée là où je ne pourrais plus la rejoindre.

– Oui. Je suis là, ma perle. Je suis là.

J'aimerais que mon corps puisse se déployer comme une voile pour l'envelopper, la soustraire au froid, à l'humidité, aux odeurs, au bruit obsédant du moteur. J'aimerais pouvoir lui insuffler mon rêve d'autrefois. Si je la savais en sécurité dans la cabine lambrissée, lovée dans les coussins, son visage apaisé dans la lueur douce d'une veilleuse, je pourrais alors… quoi ? Endurer ? Si j'endure tout cela, c'est pour elle. Même si je n'étais, en réalité, préparée à rien.

Quand nous mettons un enfant au monde, nous ne sommes préparées à rien.

8

Acia

Le chat avait choisi de partir vers l'est – enfin, je le supposais, car le ciel, de ce côté, commençait à s'éclaircir. La Fiat roulait à présent vers une mince bande d'un jaune très pâle, tendue d'un bord à l'autre de l'horizon. L'horizon avait-il des bords ? Non, bien sûr. Il aurait pourtant été plus confortable de se représenter le monde comme une boîte douillettement calfeutrée, ronde (pour ne jamais courir le risque de se faire coincer dans un angle), une boîte peinte de couleurs douces qui roulerait au milieu de… quoi ? Voilà le problème : ne jamais pouvoir contourner la question du dedans et du dehors, et sans cesse, en fin de compte, se heurter à ce mot dérangeant : l'infini.

Il n'y avait pas de radio dans la voiture, et c'était bien dommage. Un peu de musique, une publicité pour un club de vacances ou une chaîne d'opticiens offrant trois paires de lunettes pour le prix d'une, traitement antireflet compris, rien de mieux pour noyer toute pensée susceptible de vous entraîner trop loin. Vers les impasses où toute possibilité d'évasion vous avait été refusée, vers les rêves qui pourrissaient vos nuits, par exemple.

Le chat dormait, une patte passée sur son museau. Mission accomplie, clamait sa posture. Débrouille-toi, maintenant. Je conduisais lentement, en fredonnant une chanson dont je ne connaissais pas les paroles. C'était mon air, je le sifflais ou le chantais à pleine voix quand je me sentais pleine d'espoir, ce qui, si je m'étais laissée aller à interroger mes souvenirs (activité douteuse et douloureuse réservée à ceux qui avaient du temps à perdre), ne se produisait pas très souvent. Ces quelques notes répétées restaient pourtant associées, dans une mémoire à la fois confuse et lointaine, à une sensation de bien-être : quelqu'un me tenait et me berçait, j'avais chaud, j'étais en sécurité… mais la voix, une voix de femme, se dérobait toujours. Ma mère ? J'aurais pu en enrichir, des psys, à me poser cette question-là.

J'avais encore faim, c'était ça, sûrement. Le sandwich avalé en fin de matinée était loin, et jamais je ne me serais livrée à la moindre introspection l'estomac plein. J'ai un solide appétit – une cuisinière dénuée de gourmandise est une cuisinière manquée. La satisfaction des papilles… « Satisfaction » : c'était un beau mot. Bien plus solide et moins vague que celui de « bonheur ». C'est connu : les humains ne cessent de se battre comme des chiens enragés qu'en se mettant à table. Et, pour bien cuisiner, il faut humer, goûter, rectifier un assaisonnement ou l'épaisseur d'une sauce, se laisser aller enfin à sa propre satisfaction avant d'en faire cadeau aux autres convives.

Il faut jouir.

L'ennui, c'était qu'à cette heure, tout était fermé. Après avoir dépassé Rome et quitté l'autoroute, je n'avais traversé que des villages endormis, et je risquais d'attendre encore deux ou trois heures avant de pouvoir me mettre quelque chose sous la dent. Frustrée, je me suis agitée sur mon siège, ce qui a réveillé le chat. Lui aussi devait avoir faim. Il faisait peut-être partie de la troupe qui rôdait chaque soir autour du restaurant, et à laquelle je lançais des têtes de poissons et des restes de *polpette* sauce tomate. Pourtant, je ne l'imaginais pas en train de quémander, plutôt d'attendre avec une indifférence royale que la provende arrive à portée de ses moustaches. Il avait surgi dans ma vie comme une sorte de démon familier, ceux dont on dit qu'ils se cachent dans le panier à bûches ou le manteau de la cheminée, et ne se montrent qu'aux instants décisifs, quand quelqu'un va naître – ou mourir.

Est-ce que j'allais mourir, au beau milieu de ce voyage ? Ou naître autrement, changer de peau – ce qui m'aurait plu –, de nom, de vie ? Pourquoi avais-je emporté ce cahier de recettes, me fiant sans réfléchir à la destination que sa page de garde me proposait ? À cause de ce nom, Palazzo, à la fois familier et étranger ? Et pourquoi avais-je laissé le chat monter dans la Fiat ? La réponse était simple : parce que personne ne m'attendait ni ne se souciait de moi. J'avais peut-être choisi de rouler allègrement vers ma propre fin. J'allais peut-être, dans quelques minutes, quitter la route et finir dans une explosion de gasoil. Et je réalisais, tout à coup, que cette perspective me remplissait de terreur. Je m'étais crue blasée, et je me découvrais fermement accrochée à la vie, ligotée par des liens ténus, comme la forme grotesque d'un nuage ou le goût d'une pâtisserie à l'anis.

Ou encore les mains d'un homme sur ma peau.

***

Palazzo. J'avais dépassé le panneau avant même de comprendre que j'avais atteint ma destination. Et le miracle s'était produit : le rez-de-chaussée de l'une des premières maisons du village abritait une *drogheria*, dont la devanture violemment illuminée laissait voir des barils de lessive, des rouleaux d'essuie-tout et une pyramide de boîtes de conserve aux étiquettes de couleurs vives.

J'ai freiné et je me suis garée le long du trottoir. La porte était maintenue ouverte par un énorme pot de fleurs. Entre les packs d'eau minérale et les sacs de terreau, j'apercevais la caisse, où un homme appuyé sur une canne parlementait avec une adolescente en débardeur rose vif. Avec une moue ennuyée, elle tirait sur son chewing-gum, puis le relâchait et se remettait à le mâcher.

J'ai demandé au chat :

– Tu aimes les croquettes ?

Il m'a ignorée. J'aurais dû m'en douter. Il avait un museau à mépriser les nourritures industrielles.

– Ce n'est pas que je t'en veuille, mais tu me compliques la tâche, ai-je bougonné.

J'ai sorti mon portefeuille de mon sac et je l'ai vidé sur la banquette. 75 euros et 46 centimes, je n'irais pas loin avec ça. Mais justement, je n'avais plus besoin d'aller loin, puisque j'étais arrivée. Une chance, car la jauge du réservoir était au plus bas. Donc, autant s'offrir quelques petits plaisirs et remettre le reste – le problème de la survie – dans les mains du destin.

Je n'ai jamais été du genre à claquer mon fric. Plutôt fourmi que cigale, anticipant les coups durs, et il y en avait eu, oh oui. Deux mecs qui s'étaient tirés après avoir vidé mon compte (forcément, mon code de carte bancaire était inscrit sur la première page de mon agenda), un dégât des eaux et un incendie (pas en même temps, par malchance), un divorce prononcé à mes torts quand j'avais dix-neuf ans, et plus de déménagements et de jobs minables que je n'avais envie d'en compter. Sans parler des cauchemars, ces sursauts enragés de ce que j'avais si profondément enfoui. Ce secret, ce vide, cette absence. Ce visage, ou plutôt cette esquisse de visage, qui me hantait.

Et maintenant, un réservoir vide et un chat.

Et ce satané livre de cuisine.

Avec un soupir, j'ai ramassé billets et pièces, et je me suis extirpée de la voiture. Je n'avais pas fait deux pas quand un son qui commençait à me devenir familier est arrivé à mes oreilles : le chat miaulait. J'ai levé les yeux au ciel.

– Oh non. Tu n'as jamais entendu dire que les animaux étaient interdits dans les magasins d'alimentation ?

Il n'y avait que trois autres clients dans la boutique : l'homme à la canne, toujours posté près de la caisse, et deux femmes corpulentes, à l'air endormi, qui poussaient lentement entre les rayons des chariots en plastique orange. J'ai acheté du thon en boîte et des filets de sardines, un coussin à prix sacrifié (car légèrement taché dans un coin), des collants, de la mousse dépilatoire, des socquettes de coton taille unique, de la crème hydratante, des petits pois (le chat s'étant dressé contre le rayon là où ils étaient rangés), du fromage d'Urbino et du *pan pepato*, un pain à la fois sucré et poivré que j'avais goûté une seule fois. J'en salivais encore. Pendant que j'y étais, j'y ai ajouté du *prosciutto*, des guimauves, et un carnet à couverture brune dont la spirale couleur de cuivre me plaisait. Et une pochette de stylos-billes.

Pendant que je promenais mon panier, le chat sur mes talons, j'avais senti les regards de la caissière et du vieil homme s'attarder sur moi avec curiosité.

– Il est beau, m'a dit la fille quand j'ai réglé mes achats, pour un total de 47,75 euros, ce qui me laissait une poignée de monnaie et deux billets, une vraie fortune.

Beau ? Le chat – j'avais déjà commencé à penser à lui avec une majuscule, le Chat, donc, régnant sur son espèce d'un frémissement de moustaches – était tout sauf beau, mais le compliment m'a fait plaisir, autant que si j'avais été la mère d'un enfant doté d'un trop grand nez et d'un menton prognathe, mais vif et débrouillard.

J'ai souri à la caissière.

– Il a de la personnalité, c'est vrai. Dites-moi…

J'hésitais. La question que j'étais sur le point de poser pouvait paraître excentrique, mais, d'un autre côté, qu'attendre d'une fille qui faisait ses courses avec un chat, patientant devant chaque rayon pour lui laisser le temps de manifester une préférence ?

– Connaissez-vous une cuisinière, ici ? Je veux dire : une très bonne cuisinière ? Quelqu'un, enfin, qui soit… qui aime vraiment…

Je me suis arrêtée là. La fille souriait largement, comme quelqu'un qui a entendu une bonne blague et s'apprête à la raconter à son tour.

– Vous venez pour Nebbe ! s'est-elle exclamée. Elle va être contente, même si elle ne vous le montrera pas tout de suite. Elle aussi, elle a de la personnalité, si vous voyez ce que je veux dire. Un vrai cactus.

L'homme à la canne, qui nous écoutait avec attention, est intervenu :

– Les épines sont longues, mais en dessous, c'est doux et sucré. Pas vrai, Rosa ?

Son regard était chargé de nostalgie. Le sourire de Rosa s'est accentué.

– On sait qu'elle t'a largué il y a cinquante ans, Porfirio ! Peut-être que le sucre a tourné à autre chose, maintenant... Tu ne crois pas ?

– Que vous autres, jeunes, n'avez aucun respect pour l'amour, a-t-il protesté avant de sortir, le dos bien droit malgré sa boiterie.

– Vous l'avez vexé, ai-je fait observer à Rosa.

– Pensez-vous ! a-t-elle chantonné. Il va bouder un moment, mais il sera là cet après-midi, et demain, et après-demain. Il passe ses journées dans la boutique. J'aime bien. Ça me fait de la compagnie, il n'est pas embêtant, et il achète tous les jours un paquet de chewing-gums pour me l'offrir. C'est un peu comme si j'avais un grand-père, a-t-elle conclu en tirant une fois de plus la gomme de sa bouche pour l'examiner d'un œil critique.

Elle l'a renfoncée entre ses lèvres, puis m'a tendu un sac de papier brun.

– Pour Nebbe.

– Mais...

– Cadeau. C'est de la bonne semoule de maïs, celle qu'elle préfère. Elle dit que les autres sont tout juste bonnes pour les cochons. Vous contournez le vieux village, vous dépassez le cimetière, le stade, et c'est à droite. La dernière maison derrière la pompe à essence. Vous ne pouvez pas la rater. Saluez-la pour moi et dites-lui que je suis heureuse pour elle. Ça lui fera du bien, d'avoir un peu de compagnie. C'est quoi, ton nom, déjà ? a-t-elle ajouté, passant sans transition au tutoiement.

– Acia. Mais...

– Contente de te connaître, Acia. On se reverra sûrement.

Joyeuse, elle a agité la main. Obligeait-on les filles à travailler à treize ans, dans le coin ? Ou avais-je, sans m'en rendre compte, commencé à évoluer dans un monde où chaque nouveau visage était celui d'un gamin dont j'aurais pu être la baby-sitter, la grande sœur et, pourquoi pas, pour certains, la mère ?

Avec un sourire un peu forcé, j'ai répondu au salut de Rosa, et je suis sortie de la boutique. Le Chat me précédait ; il s'est frotté contre les jantes de la Fiat, côté passager. Le message était clair : il m'invitait à aller au bout de cette folie, à ne m'étonner d'aucune coïncidence jusqu'à ce que j'aie vu Nebbe – peut-être même après. Tout me poussait vers elle. De vieux souvenirs, le hasard, Internet, les gens, le Chat. Je n'avais plus qu'à céder.

En espérant – non, le verbe « espérer » ne convenait pas, il n'allait ni avec moi ni avec ma vie – ne pas être trop déçue.

9

Kamar

Les nuages glissent devant la lune, la dévoilent un instant.

– Des lumières !

Une voix grêle, perçante : un enfant, garçon ou fille, impossible de le savoir, ils se ressemblent tous avec leurs coupe-vent à capuche et leurs grands yeux effrayés. Je repousse le tissu trempé qui colle à ma joue. Au départ, on m'a poussée à la plus mauvaise place, à l'avant sans cesse balayé par des paquets d'écume et d'eau salée ; je grelotte, mais je n'ai pas à me tordre le cou pour voir autre chose qu'un rempart de corps indistincts. Le gamin a dit vrai, l'horizon est pointillé de clous brillants qui apparaissent et disparaissent entre les vagues. Le jour n'est pas encore levé ; la mer n'est qu'une masse confuse, obscure.

– C'est la Crète, dit quelqu'un.

– Non, c'est Malte.

– Je vois les montagnes.

– Ce n'est pas normal. On devait aborder à…

– C'est une terre.

– Allah est grand.

Le vent a tourné, rabattant vers moi l'odeur aigre de mes compagnons, qui est aussi la mienne. Je transpire, j'ai froid, j'ai un mauvais goût dans la bouche. Nous n'avons ni bu ni mangé depuis que nous sommes montés dans ces camionnettes, il y a une éternité. Sur mes genoux, Hana ne pèse pas plus qu'un oiseau malade. J'ai peur qu'un souffle ne me l'arrache, je glisse ma main sous son pull, cherche à tâtons le col pour y passer le poignet, appuyer ma paume sur sa peau, j'ai besoin d'être reliée à elle, de m'assurer que, si le vent l'emporte, nous partirons ensemble.

– Je suis là.

J'ai besoin, aussi, de le répéter. Un mouvement infime – elle m'a entendue. Sous mes doigts, j'ai senti la tiédeur de son dos. C'est assez de joie pour la minute présente, le temps est ainsi découpé, je n'ose plus anticiper l'heure prochaine, encore moins le jour dont la clarté diffuse rampe vers nous.

Il va venir, pourtant.

Avec la brume. Des heures plus tard, le bateau se traîne encore dans une grisaille opaque ; elle paraît s'effilocher à regret pour nous laisser un passage. Je tends l'oreille aux hoquettements du moteur, j'ai l'impression qu'ils vont cesser d'une seconde à l'autre et qu'il n'y aura plus rien pour nous pousser vers le rivage. Si tant est qu'il y ait un rivage. Nous avons peut-être changé de route, ou alors nous tournons en rond. J'essaie de croiser le regard de l'homme de barre, mais je ne peux même pas distinguer son visage sous sa capuche, c'est un trou plein de brouillard, un spectre.

Tout à coup, un son aigu brise les clapotis de l'eau contre les boudins jaunes déjà moins rigides – ils s'amollissent à mesure que notre espoir se défait, ou alors ils fondent sous la bile et les autres déjections, ce n'est pas important, le résultat sera le même. Une voix déformée par un haut-parleur retentit :

– Coupez le moteur. Garde-côtes. Coupez le moteur.

On ne voit rien, la brume dresse autour de nous ses murailles blêmes. Certains s'agitent, d'autres semblent pétrifiés. Dans un ultime hoquet, le moteur se tait. L'homme de barre baisse la tête, comme résigné, puis quitte sa place et se faufile parmi nous. Il espère probablement ne pas être repéré. La trépidation sourde des machines de l'autre bateau, beaucoup plus gros, ne couvre pas le bruit du ressac ; pendant quelques secondes, ou quelques minutes, je n'entends plus rien d'autre. Tout s'est arrêté. Il n'y a plus qu'à basculer par-dessus bord, se laisser couler. Je relève la tête, croise le regard d'un adolescent au visage creux, aux cheveux emmêlés et collés par l'eau de mer, et je sais qu'il pense à la même chose, aux prisons turques, aux expulsions, à la mort, libératrice. Beaucoup d'entre nous n'auraient pas la force de recommencer ni l'argent pour le faire. En silence, je le supplie de tenir bon. Quand il détourne enfin les yeux, je ne sais pas si j'ai réussi.

Une masse sombre déchire le brouillard : une proue, dressée au-dessus de nous. Si elle heurte notre embarcation, nous allons tous nous noyer. Des hurlements s'élèvent, les passagers commencent à paniquer.

– Restez calmes, reprend la voix nasillarde. *Stay calm*. Nous allons vous transférer à bord.

Une échelle dévale la coque, heurte l'eau. Une silhouette émerge à son tour de la nappe de brume. Le haut-parleur crépite à nouveau.

– Les enfants d'abord. *Children first*.

Cette fois, ce sont les femmes qui crient. Aucune ne veut laisser partir son enfant. Comment comprendraient-ils ?

Ce sont des hommes. Ils suivent une procédure. Pour eux, c'est juste ça, une procédure. Ils ne nous voient pas vraiment. Pas comme des êtres humains brisés, épuisés, effrayés. Juste un chargement à mettre provisoirement en lieu sûr. Avant de s'en débarrasser le plus vite possible.

Les femmes résistent. Se cramponnent à la corde qui court le long des boudins à demi dégonflés. Aux hommes, mari, frère, fils. Aux autres femmes. Un bras passe sous le mien, une main broie la mienne, d'autres agrippent ma jupe. Corps désormais confondus, les femmes forment une chaîne de chair souffrante, soudée par le refus.

On ne me prendra pas mon enfant.

Jamais.

Avec elles, je répète ce mot entre mes dents serrées.

Ma vie, mais pas Hana. Jamais.

10

Acia

La pompe à essence était désaffectée depuis longtemps, à en juger par les liserons qui s'étaient enroulés autour des tuyaux et par les tags sur l'abri de ciment effrité. J'ai coupé le moteur, parcourant en roue libre la cinquantaine de mètres qui me séparaient encore de la maison.

Ce n'était pas vraiment une maison, plutôt un ancien bâtiment agricole, dont les issues, conçues pour permettre le passage des tracteurs et moissonneuses-batteuses, avaient été en partie murées avec des parpaings, trois fenêtres et une porte paraissant minuscules sous le vaste toit de tôle d'un bleu cru, dont la pointe frôlait presque le sol. La façade n'avait sans doute jamais été repeinte. Plantée de guingois à côté de l'unique cheminée de fer-blanc – le tuyau d'un poêle, en réalité – qui saillait sur le pignon, une enseigne lumineuse clignotait.

Zia Nebbe. Osteria.

Ainsi, la propriétaire de ce boui-boui était vraiment cuisinière. Et une cuisinière qui avait besoin d'un bon livre de recettes, vu l'aspect de son établissement. Étais-je déçue ? Oui. Et soulagée, en même temps.

Tout en serrant le frein à main, j'ai jeté un regard en biais au Chat, toujours pelotonné sur le siège voisin. Il s'est levé et s'est arc-bouté contre la boîte à gants, les moustaches dardées. Manifestement, il inspectait les lieux. Et, tout aussi manifestement, ce qu'il voyait lui plaisait, à lui. Ce qu'il a exprimé en se tournant vers la portière, qu'il a labourée d'un coup de griffe désinvolte. J'ai capitulé.

– D'accord, je t'ouvre. De toute façon, puisqu'on est là…

Une fois dehors, j'ai éprouvé, moi aussi, le besoin de m'étirer. Une grosse fatigue m'engourdissait bras et jambes. Je me sentais moite et sale, mon cuir chevelu picotait, et j'avais de plus en plus faim.

J'ai reniflé. Il était tôt, même si le restaurant – j'osais à peine l'appeler ainsi – ouvrait à midi, d'après la pancarte clouée sur la porte. Personne ne s'était encore mis en cuisine. Mais la dénommée Nebbe aurait peut-être du café à m'offrir, et moi, le *pan pepato* que je venais d'acheter. Puis je lui remettrais le livre, sur lequel la cuisinière pourrait inscrire son nom à côté de « Palazzo ». Ensuite… non, je n'arrivais pas à imaginer qu'il puisse y avoir un « ensuite » et que, dans une poignée de minutes ou d'heures, je verrais à nouveau le ruban de la route se dérouler devant mes roues, sans but, cette fois.

Et pourtant, cela arriverait, aussi sûrement que le coucher du soleil ou l'arrivée des avis de contravention.

Le Chat avait déjà disparu. Lui était parvenu à destination. J'étais à peu près certaine que, quand je remonterais dans la Fiat, il ne me suivrait pas. Je l'avais entendu des centaines de fois : les chats s'attachaient aux lieux, non aux gens. Et je m'en voulais de m'être autorisée, rien qu'un instant, à imaginer le contraire. Je m'étais laissé surprendre. On ne se défend pas contre un ronronnement têtu, des yeux d'ambre, la souplesse soyeuse d'un chat.

Oui, j'étais fatiguée.

Les volets des trois fenêtres du rez-de-chaussée étaient clos, mais la porte grande ouverte. Sur le seuil, je me suis immobilisée et j'ai appelé :

– Il y a quelqu'un ?

Comme personne ne répondait, je suis entrée, clignant pour accommoder ma vision à l'obscurité. La pièce, immense, devait occuper toute la surface du bâtiment. Sur ma gauche, je devinais un empilement de tables et de chaises ; sur ma droite, des cagettes vides, des sacs, des casiers à bouteilles, tout un bric-à-brac que recouvraient en partie les plis d'un épais rideau de velours mité.

J'ai répété :

– Il y a quelqu'un ?

Je ne me sentais pas très solide sur mes jambes. Et je n'allais tout de même pas m'évanouir sur ce parquet crasseux, dans ces relents de sauce tomate refroidie – non, pas question.

– Ainsi, tu es revenue.

La voix était si proche que j'ai sursauté. D'où venait-elle ? Aucune silhouette humaine ne se dessinait à hauteur de mes yeux, dans cette pénombre où la poussière paraissait en suspension, un nuage captif qui aurait pris ses aises et investi les lieux jusqu'au moindre recoin. Troublée, j'ai balayé la pièce du regard.

– Ici.

Derrière l'amoncellement de cagettes et de sacs, quelque chose a bougé. Une toute petite femme, assise sur une chaise roulante. Ses épaules étaient drapées d'un châle à longues franges, et ces franges se balançaient, recouvrant le haut des roues, qui tournaient avec lenteur, propulsées par deux bras aussi fins que des pattes d'oiseau. Et aussi noirs, ou presque, à l'exception du pansement qui recouvrait l'un d'eux, des phalanges au coude.

– Tu en as mis, du temps.

La peau sur les bras de la femme était plissée, son visage ressemblait à une pomme oubliée au grenier tout un hiver. Un visage ridé, tavelé, la peau brune virant au gris à la commissure des lèvres. Mais, sous les sourcils aussi épais et brillants que les poils d'un pinceau de soie, les yeux étincelaient d'une joie sauvage.

La chaise a roulé jusqu'à mes genoux, une main s'est tendue vers ma jambe.

– Tu en as mis, du temps, a répété la femme.

J'ai reculé.

– Vous êtes Nebbe ? ai-je demandé, autant par gêne que pour gagner quelques secondes – mais sur quoi, et dans quel but, pour prolonger ou, au contraire, fuir cette angoisse qui tout à coup me serrait la gorge et me donnait envie de mordiller nerveusement ma lèvre, comme une collégienne qu'on accuse, avec raison, d'avoir séché un cours ?

La main est retombée, la joie a déserté les yeux sombres.

– Je n'y vois plus très bien, en fait. J'ai cru que tu étais… Oui, on m'appelle Nebbe. À cause de ma peau. Nebbia, Nebbe. Grise comme le brouillard. Froide comme le brouillard. J'ai oublié depuis longtemps mon véritable nom. Et toi ?

– Acia. J'ai quelque chose pour vous. Et Rosa m'a donné de la polenta. Celle que vous préférez.

– Elle est gentille, cette petite. Idiote, mais gentille. Tu as rencontré Porfirio ?

– Oui. Il ne bouge pas trop du magasin, on dirait.

– Il a besoin de s'accrocher quelque part. Comme ces primates avec de gros yeux, tu sais ? Je ne me souviens plus où on peut les trouver – aux Philippines, peut-être, je l'ai lu dans un journal il y a longtemps. Leurs pattes ne sont pas faites pour marcher, alors ils ne peuvent vivre que cramponnés à une branche. Porfirio est comme ça.

– Et sa branche, c'était vous.

Nebbe a levé son bras gauche, celui qui ne portait pas de pansement, avec un rire sec.

– Plutôt une brindille, tu ne crois pas ?

Comme je ne savais pas quoi répondre sans me montrer impolie, je lui ai tendu le livre, d'un grand geste raide. Elle n'a pas esquissé le moindre mouvement pour le prendre.

– Qu'est-ce que c'est ? m'a-t-elle interrogée.

– Un livre… de cuisine.

– Je ne suis pas encore aveugle. Tu veux me donner un livre de cuisine, à moi ?

– Il est un peu spécial. Est-ce que vous auriez du café ? La route a été longue. Et je dois repartir. J'ai du *pan pepato* dans ma voiture, si vous en avez envie, et…

Je n'ai pas pu finir ma phrase, chaque mot pesait une tonne. Nebbe me dévisageait toujours, ses paupières plissées lui faisaient des yeux de vieille tortue. Ressemblance qui s'est accentuée quand elle a tendu son cou maigre et, écartant les coudes, a fait mouvoir son fauteuil de manière à se placer entre moi et la porte.

– Tu n'iras nulle part, ma fille. Pas aujourd'hui. Ni demain.

J'ai protesté :

– Vous n'avez pas le droit…

Je me serais battue. Ce n'étaient pas des mots d'adulte, mais d'une adolescente qu'on empêchait de rejoindre son amoureux ou d'aller fumer un joint avec des copains sur les gradins d'un stade désaffecté. Devant cette femme, je me sentais privée de ma capacité à argumenter ou, tout simplement, à passer outre, à revendiquer ma liberté autrement qu'en montant m'enfermer dans ma chambre – et en claquant la porte. Et elle le savait.

– Bien sûr que si, a riposté Nebbe. Tu n'es pas arrivée ici par hasard. Et j'ai besoin de toi.

À nouveau, elle a levé le bras, le droit, cette fois, et montré sa main emmaillotée d'un épais pansement blanc.

– Brûlure au deuxième degré. Ça fait dix jours que j'ai dû fermer. Déjà que mes jambes ne sont plus ce qu'elles étaient ! Si ça continue, je mets la clé sous la porte. Les gens iront ailleurs. Et je n'aurai plus que la polenta de la petite idiote pour me remplir le ventre, a-t-elle ajouté avec un ricanement.

J'ai fermé les yeux, un instant, pour m'isoler de sa présence. Mais même l'obscurité de mes paupières closes, dans cette pièce, se veloutait de poussière. Tout en était imprégné. Qu'avait-elle dit ? « Les gens iront ailleurs » ? Il y avait donc des gens qui entraient ici avec l'espoir de faire un vrai repas ? C'était une plaisanterie. Et en quoi est-ce que ça me concernait ?

– Je… je ne suis pas cuisinière, ai-je bredouillé. Je n'ai jamais travaillé dans un restaurant, et… on m'attend à…

Le rire de crécelle qui a résonné à mes oreilles m'a forcée à rouvrir les yeux.

– Tu es la pire menteuse que j'aie jamais entendue. Et j'en ai avalé, des mensonges, tu peux me croire. J'en ai dit aussi. Tu n'as jamais travaillé dans un restaurant ? Toi ?

Cette fois, Nebbe a attrapé un de mes poignets et l'a examiné.

– Cette cicatrice, là, bien creusée, ne s'est pas faite en une fois : elle est rouge dessus, rose dessous. Un four à pain, probablement. Ou une étuve pour stériliser les bocaux. Et là, cette cloque le long de ton doigt, elle ne date pas d'hier non plus. Un gril… une crêpière, peut-être. Je suis sûre que j'en trouverais de plus belles sur ton autre bras. Sans parler de ça (elle montrait le triangle de peau qui se dessinait dans l'échancrure de mon pull en coton). Ce n'est pas le soleil, cette couleur-là, c'est la chaleur des fourneaux, la vapeur d'eau brûlante… Oh, je les connais par cœur, ces marques. Ton corps raconte ton histoire, ma jolie. Je ne te parle même pas de ta petite ceinture de graisse bien blanche… Tu sens, là et là ? Je peux y enfoncer la moitié de mon doigt. Tu es de celles qui goûtent, et ça, ça me plaît. Jamais pu faire confiance à une cuisinière qui suivait sa recette sans s'humecter la langue.

Elle ne me lâchait pas. M'obligeait à me pencher, à respirer son odeur, qui n'était pas aigre, comme j'aurais pu le croire, mais étonnamment douce, un parfum d'amande et de lait.

– Tu arrives chez moi, tu me donnes ton livre, tu ne me racontes même pas son histoire, et tu veux déjà repartir ? Mais pour aller où ? Tu n'as pas l'air d'une fille qu'on attend, ma belle. Regarde-toi un peu.

J'étais partagée entre l'envie de lutter, de m'arracher à la poigne fragile de la vieille femme – ce ne serait pas si difficile –, et celle d'obéir, comme je l'avais fait si souvent ; de prendre le vent, d'où qu'il vienne.

– C'est mieux, ça.

Le ton s'était fait cajoleur : on me félicitait de ma défaite. J'ai protesté :

– Je n'ai pas dit que je restais.

– Non, tu ne l'as pas dit. Va chercher le reste de tes affaires dans ta voiture. Et ouvre la fenêtre à ton chat. Ça fait dix minutes qu'il se lèche la même patte en nous regardant. Je ne le vois pas bien – ça ne veut pas dire que je deviens aveugle mais que les vitres sont sales. On a du boulot. Allez ! Ne reste pas plantée là !

Et en effet, le Chat était là, sur le rebord de ciment. La vieille femme l'a observé un moment, la tête un peu penchée.

– Il est moche. Vraiment moche. Mais *spesso sotto rozza fronde, soave frutto si nasconde**. C'est la même chose pour moi. Et pour toi, peut-être bien. Allez ! File !

* *Parfois, sous un vilain feuillage se cache un beau fruit* (proverbe italien).

11

Kamar

En premier, l'odeur.

Je l'ai sentie bien avant la clôture de barbelés, elle a déferlé sur nous et nous a enveloppés, d'abord diffuse, puis plus épaisse, presque solide : un mur. Si j'avais dû la représenter, j'aurais choisi un brun terne strié de gris et de noir. Et j'aurais écrasé les tubes de gouache sur mon papier, créant des monticules, des flaques, des creux saturés de pestilence.

Quand nous sommes entrés dans le camp, je ne m'y étais pas habituée, pas encore, mais mes vêtements et mes cheveux en étaient déjà imprégnés. Elle nous accompagnait comme une chienne malade et trop fidèle. Excréments, déchets pourrissants, fumée, eau croupie. Milliers de bouches mâchant une nourriture insipide, ou simplement la faim, la colère, la fatigue. Milliers de corps transis de froid. Milliers de mains tendues – vers nous, vers *eux*… Eux qui, désormais, incarnaient le pouvoir. De nous sauver, ou non. De nous enfermer ou de nous laisser libres. De nous soigner ou de nous laisser mourir.

Sous mes pieds, la terre. Un soulagement. Nous n'étions plus prisonnières, Hana et moi, de l'immensité liquide, ballottées d'une côte à l'autre, partout repoussées. Depuis que notre cargaison humaine avait été transférée à bord du bateau des garde-côtes, plus d'une semaine s'était écoulée. Une semaine d'errance. Personne ne voulait de nous. La trépidation du pont de tôle avait remplacé les hoquets du faible moteur, on nous avait distribué des bouteilles d'eau, des couvertures de survie. Des rations dans des barquettes de plastique. Je donnais la becquée à ma fille, taquinant ses lèvres jusqu'à ce qu'elles s'ouvrent. Imagine, *kbida*, que c'est le *maamoul*, le gâteau spécial de ton papa, celui que je préparais en automne, quand les dattes sont les meilleures. Imagine, c'est tout. Tu te souviens des petits moules que j'utilisais ? Quand je sortais les *maamouls* du four, c'était toi qui les saupoudrais de sucre. Tu trouvais qu'ils ressemblaient à de jolis chapeaux, avec leurs chevrons bien réguliers. Imagine.

Elle finissait par ouvrir la bouche. Mastiquait. Avalait. Je regardais palpiter sa gorge. Chaque gorgée, chaque bouchée représentait une heure gagnée. Mange, mon enfant, ma toute petite, mange. Tu auras besoin de toutes tes forces. Mange.

S'il te plaît, ne meurs pas.

Ces mots-là restaient à la lisière de ma pensée. Je n'osais pas les articuler, même en silence. Encore moins les glisser dans une prière. Parfois, implorer que nous soit épargné ce que l'on redoute le plus paraît un défi insensé.

Je ne demandais donc rien. Ou seulement qu'elle se nourrisse. Miette par miette.

Devant nous, une large voie boueuse sépare deux rangées de tentes. Des bâches de plastique, des cartons recouvrent les structures bancales, consolidées par des cordes nouées bout à bout. Sur ce qui tient lieu de toit, des pierres, des branches, le vent souffle en rafales, chassant les nuages qui filent vers les collines, s'y aplatissent. Des hommes sont là, debout et silencieux, le col de leur veste relevé, le bonnet enfoncé jusqu'aux yeux. Ils nous regardent sans un mot. Trois adolescentes, têtes rapprochées, les mains enfouies dans les manches de leurs vestes polaires informes, se détournent et s'éloignent. Un rire fuse, aussitôt coupé ; si bref soit-il, il me fait du bien. On peut donc rire, ici.

– C'est le camp annexe, dit une voix derrière moi. La jungle, quoi. Un de mes cousins y est resté deux ans. Il y a un bâtiment en dur un peu plus loin, une ancienne usine, mais on ne trouvera pas de place là-bas. Ils prendront peut-être les femmes enceintes. Pas sûr.

Hana trébuche, je me baisse pour l'aider à se relever. Celui qui a parlé me dépasse, je ne vois que ses pieds dans des savates de plastique trop grandes, elles claquent contre la peau fendillée et grise de ses talons, la boue gicle à chacun de ses pas, *clac, clac.*

Deux ans. Ce n'est pas possible. Nous ne resterons pas deux ans dans cet endroit.

La journée s'étire comme un long tunnel obscur. Le temps stagne. L'agitation du camp n'est que le paravent qui dissimule, mal, l'attente. Attente devant les bureaux où résonnent des voix parlant différentes langues, attente à proximité du baraquement des toilettes, des robinets d'où gicle un filet d'eau au goût de fer. Autour de moi, des corps immobiles, des visages fermés, des mains abandonnées à leur pesanteur, parfois un doigt tremble, se lève, retombe. Je me surprends à guetter les frissons, les sursauts, comme autant de rassurants signes de vie, oui, vivantes, nous sommes vivantes, je me le répète, cet homme est vivant puisque son index pointe une pancarte dont les inscriptions ont été des dizaines de fois rayées, recouvertes. Ces femmes qui passent, la tête baissée, serrant contre elles une gamelle de riz, sont vivantes. Je me cramponne à ce mot, j'essaie d'ignorer tout le reste. Il ne me protégera pas longtemps, je le sais, déjà ses lettres une à une s'effilochent, les voilà arrachées les unes aux autres, elles se dispersent, s'accrochant un instant aux branches des oliviers déjà tailladées, aux écorces, avant de fuir pour de bon, brouillant le soleil blanc qui nous écrase.

J'ai entendu : deux ans. J'ai entendu : huit mois pour obtenir la carte d'aide alimentaire. J'ai entendu : trois heures, parfois quatre, d'attente pour recevoir ce riz et ce poulet mal cuit qui constituent l'essentiel de la nourriture distribuée. J'ai entendu : deux serviettes hygiéniques par femme et par mois. J'ai entendu : ne pas aller seule aux toilettes, surtout pas la nuit.

J'ai épelé mon nom, celui d'Hana. Plusieurs fois. Senti contre mon dos le dossier raide d'une chaise d'école – d'où venait-elle, de quel village où les enfants rentraient chez eux le soir pour y trouver lumière et chaleur, des initiales étaient gravées dans le bois, des dessins aussi, une maison à la cheminée de guingois, une étoile à six branches et un soleil couronné de rayons inégaux. Ma fille sur les genoux, j'ai répondu à des questions. Voulu montrer mes papiers, la lettre qui m'assurait un toit, un emploi, l'adresse apprise par cœur mais dont les jours et les nuits qui venaient de s'écouler avaient dépossédé ma mémoire, ce n'était pas grave, elle était écrite quelque part, l'homme assis en face de moi s'impatientait, la traductrice aussi, c'est là que j'ai compris.

J'avais tout perdu.

Je me suis retrouvée dehors, cernée par la fumée âcre des foyers allumés entre deux pierres, des branches d'olivier encore vertes, grésillantes de sève. Je ne savais même pas où nous dormirions le soir, j'étais encore étourdie, sous le choc, que s'était-il passé, je ne m'étais jamais séparée de mon sac, à aucun moment. Il y avait bien eu cette bousculade quand nous avions dû quitter le canot pour ce bateau dont l'étrave ressemblait à une épée nue dressée sur la mer, la résistance des femmes accrochées à leurs enfants, tirées, poussées, portées, j'avais lâché les poignées de plastique quelques secondes pour mieux plaquer Hana contre mon corps, nouer autour d'elle les manches de ma veste, je m'étais baissée presque aussitôt, le sac avait glissé un peu plus loin, j'avais tendu le bras, tout allait si vite, je croyais l'avoir rattrapé. Un déferlement d'images folles, mains d'hommes crochetant les tissus trempés de nos vêtements, voix d'hommes hurlant des ordres, allez, allez, montez à bord, plus vite, arrêtez de pleurer, dépêchez-vous.

Il fallait se dépêcher.

Maintenant, il faut attendre.

Je serre entre mes doigts un carton avec un numéro, je n'ai pas compris à quoi il va me servir, je ne peux penser qu'à notre avenir si bien préparé, effacé dans la bousculade d'un transbordement. Une femme assise sur une souche, en train d'allaiter, me renseigne : c'est le numéro d'un conteneur, celui des femmes seules, elle n'est pas sûre qu'il y aura de la place pour Hana et moi, mais je peux toujours essayer. Elle a un beau visage traversé d'une cicatrice – bois tendre et blessé. Je ne détourne pas les yeux assez vite, elle touche sa joue, suit la boursouflure jusqu'à la commissure de ses lèvres. Il n'y a pas de colère dans son regard.

– L'hélice d'un canot. Je ne me plains pas, dit-elle. J'aurais pu y rester. D'où tu viens ?

– De Syrie. Par la Turquie.

– Et ton mari ?

– Il est mort.

Elle hoche simplement la tête. Que pèse une mort, ici ? Chaque femme raconte une histoire semblable à la mienne. Un fils arrêté dans la rue, pendant une manifestation. Disparu ou mutilé. Un père, une sœur, un mari emprisonnés, torturés, condamnés à trente ans de prison. Tombés dans le silence. Des familles entières tuées par les gaz de Bachar. Dans les explosions de voitures piégées. Abattues par les snipers, poignardées par les miliciens. Brûlées vives dans les caves de leurs maisons.

Que pèse une mort, une seule mort ?

12

Acia

Le Chat me suivait pas à pas. Pendant que je lavais les vitres avec de l'eau tiède additionnée de vinaigre blanc, il sautait avec aisance de l'appui des fenêtres au tabouret que je traînais partout avec moi pour m'y asseoir quand la douleur de mes reins devenait trop forte. Les pattes bien réunies sur l'une des plaques en fonte qui recouvraient les brûleurs, il m'a regardée frotter l'énorme cuisinière à la toile émeri, puis passer sur toute la surface un oignon coupé en deux – une astuce d'aïeule qui avait aussi l'avantage d'éloigner les mouches. Il s'est pris de passion pour les lanières de coton de la serpillière et s'est livré, dans son sillage humide, à une bondissante parodie de chasse. Les souris, en revanche, le laissaient indifférent. Il les laissait trotter d'un trou à l'autre des plinthes sans même allonger la patte pour les retenir.

– Un bon à rien, ce chat, grommelait Nebbe, qui pourtant semblait éprouver pour lui, à mesure que les heures tournaient et que salle et cuisine s'emplissaient d'un parfum de vinaigre et de citron, un respect accru (respect qui aurait dû me revenir, à mon avis).

Elle avait retrouvé toute sa vitalité et circulait de pièce en pièce, manœuvrant avec dextérité les roues de son fauteuil – pour cela, sa main blessée ne la gênait pas.

– Vous pourriez très bien cuisiner, lui ai-je lancé alors que, debout sur un escabeau, je remettais à leur place les pots d'épices en faïence jaune et verte que je venais de laver et de remplir à nouveau. En fait, vous avez juste besoin de compagnie.

– C'est ça, a approuvé la vieille dame. Tu parles d'une compagnie ! Tu ne desserres pas les dents de toute la sainte journée, sauf pour ronchonner, et tu ne m'as pas encore fait goûter une seule des recettes de ton livre.

– Je vous ai déjà dit que ce n'était pas *mon* livre. Je l'ai trouvé sur un banc. Avec le nom de votre village écrit dessus. C'était censé être le vôtre !

– Ce n'est pas toi qui décides. C'est le livre. Il t'a peut-être choisie, toi.

J'ai haussé les épaules. Absurde. Comme si les livres – surtout celui-ci, même pas imprimé – pouvaient avoir une volonté. Nebbe avait peut-être repris du poil de la bête, mais elle déraillait.

J'ai épousseté les étagères, lessivé les parquets, repassé les rideaux que j'avais lavés et mis à sécher au soleil, et je les ai pendus à nouveau aux fenêtres. J'ai astiqué la bassine à confiture en cuivre et fait disparaître la crasse des pots d'étain avec de la bière chaude. J'ai ciré le long comptoir du bar et passé une brosse à dents imprégnée d'eau de Javel sur les joints des carrelages. J'ai changé les draps des lits, inspecté la vaisselle et les torchons, et jeté deux plats fendus, sous les protestations véhémentes de Nebbe. Les poêles et les casseroles étaient en bon état, ainsi que les planches à découper et les couteaux. Un bon point pour la propriétaire des lieux. Enfin, j'ai tiré un siège devant la porte et je m'y suis affalée avant d'allumer ma première cigarette de la journée. Elle avait un goût de foin bouilli et d'eau de Javel, et je n'ai pas tardé à l'écraser, ramassant le mégot pour le jeter plus tard, car j'avais aussi balayé la cour et désherbé les jardinières pleines de bourrache, dont les fleurs bleu-mauve étouffaient sous un trèfle envahissant.

J'avais mal au dos, mal aux jambes, aux épaules – partout, en fait –, mais je ne me demandais plus quelle excuse invoquer pour prendre la fuite. J'avais nettoyé cette fichue baraque de bas en haut, je pouvais bien profiter quelques heures, ou quelques jours, du résultat de mon travail.

Le Chat devait partager cette opinion, car il a sauté sur mes genoux sitôt ma cigarette éteinte. Il a tourné plusieurs fois sur lui-même, a pétri longuement mes cuisses, puis s'est installé, repliant ses pattes. Comme la fraîcheur du soir s'installait, je n'ai pas fait un geste pour le chasser. Sa chaleur était agréable, et la douce vibration de sa gorge, apaisante. Minute après minute, je me sentais glisser dans une sorte de rêve éveillé : j'étais couchée sous un ciel débordant de nuages qui rasaient la terre et les collines, me couvrant de leur ombre. Je pouvais presque sentir leurs lourdes panses gonflées de pluie accrocher mes genoux et répandre en moi une semence humide. Contre mes reins, la ferme pression du sol, sur mes lèvres, une bruine qui attisait ma soif…

Et je n'étais plus seule. Un homme approchait, j'entendais le froissement des herbes sèches. Je l'imaginais mince, presque frêle, un peu voûté, avec de grandes mains douces. Il surgissait de nulle part, m'embrassait et me caressait les seins, puis écartait mes vêtements et les siens. Ses gestes étaient précis et tendres. Deux souffles peuvent suffire à créer une chambre, éphémère refuge où s'invite un plaisir inattendu, innocent. Après, j'écoutais décroître le bruit de ses pas. Il se confondait peu à peu avec le chant des grillons, ou des sauterelles – je n'avais jamais su la différence –, dans les graminées aux longues tiges, et ce grondement montant des profondeurs, de ce chaos de rocs et d'humus mêlés aux fragments laissés par des générations et des générations, humbles tessons impossibles à identifier, vases miraculeusement intacts, statues mutilées, jouets oubliés un jour par un môme dont les os, à leur tour, pourrissaient peut-être dans un cimetière de campagne… La mort était si familière autrefois, on lui faisait moudre le grain, laver le linge à la rivière…

La chaise a basculé sur le côté. Le miaulement indigné du Chat m'a réveillée en pleine chute, si bien que, l'espace d'une seconde, je me suis crue délivrée à la fois de la pesanteur et du temps.

Une seconde. C'était déjà ça, me suis-je dit en me relevant et en frottant mon épaule meurtrie. Et, enfin, un rêve qui n'était pas le cauchemar trop connu. Le soleil avait disparu, le Chat aussi, la pompe à essence ne se devinait plus que par l'ombre qui masquait la route, et l'*osteria* était étonnamment silencieuse.

Comme si elle attendait quelque chose.

– C'est bon, ai-je grommelé. J'ai compris.

Le cahier de recettes était resté là où je l'avais posé, sur une petite table qui supportait également un annuaire à la couverture cornée et un téléphone d'ancien modèle désormais inutile, puisque son fil avait été arraché de la prise. Je l'ai rebranché et j'ai soulevé le combiné : pas de tonalité. Il faudrait que je m'occupe de cela aussi. Ce n'était pas le plus compliqué.

J'ai posé mes deux mains à plat sur la couverture gondolée. Si j'oubliais les trois dernières semaines au

Pulcinella, depuis quand n'avais-je pas cuisiné, vraiment cuisiné ? Fabrizio et celui qui m'avait employée l'année précédente ne me laissaient même pas toucher une poêle pour cuire des œufs au plat après le service. Je disposais d'un petit réchaud à gaz sur lequel je pouvais réchauffer les restes du restaurant et, parfois – pas très souvent, et c'était tant mieux – le contenu d'une boîte de conserve. Je sentais encore le goût des haricots noirs dont j'avais jeté dans la cour le jus tiédasse. Comment pouvait-on manger *ça* ? Je l'avais fait pourtant, avalant cuillère après cuillère jusqu'à me remplir le ventre. Je n'avais pas le choix.

Maintenant, si.

J'ai commencé à feuilleter le recueil, tournant l'une après l'autre les pages épaisses. Certaines étaient raides de colle. Au début, les écritures étaient toutes différentes, parfois soignées, plus souvent déformées comme si les recettes avaient été consignées par une main d'arthritique. J'arrivais à me représenter assez bien cette main, ces mains, les veines gonflées qui roulaient sous la peau, les bosses aux jointures de l'index et du majeur, les ongles bombés, striés, coupés court. Plus haut, sur le poignet, je pouvais même imaginer les tavelures de soleil et, plus haut encore, la manche d'une robe-tablier comme en portait ma grand-mère, en nylon à motifs, bordée d'un liseré de couleur. Été comme hiver, elle les enfilait directement sur sa chemise de jour et ses bas. Parfois, elle mettait un gilet de laine tricotée, à boutons. Je la revoyais trottinant de la cour, où elle élevait quelques poules, à la table où j'effilais des haricots verts. « Il reste des fils, ma petite. Il reste toujours des fils. »

Haricots verts. Poireaux. Pommes de terre. Choux de Bruxelles – je détestais ça. Courgettes cachées sous leurs larges feuilles piquantes. Tomates dont il ne fallait arroser que le pied. Radis crissants de terre noire. Touffes d'oseille qui repoussaient sitôt coupées. Carrés de ciboulette et de persil.

Y avait-il un potager derrière l'*osteria* ?

Quand je lui ai posé la question, Nebbe a piqué une colère.

– Tu m'as bien regardée, ma petite ? Tu me vois bêcher et sarcler ? C'est le Nino, qui me livre mes légumes. Deux fois par semaine. Mais ça fait un moment qu'il n'est pas passé, forcément. Tu n'as qu'à aller faire un tour dans le garde-manger, puisque tu as enfin décidé de te mettre au travail !

Au travail ? Indignée, j'ai ouvert la bouche pour signaler à la vieille que je m'échinais pour elle depuis un bon bout de temps, mais finalement j'ai préféré me taire. J'ai haussé les épaules et, obéissant une fois de plus, je me suis dirigée vers la petite pièce attenante à la cuisine. Dans ma frénésie de ménage, je n'en avais qu'à peine poussé la porte, ce qui m'avait suffi pour constater que le lieu était impeccable. Ni poussière ni toiles d'araignée, aucune humidité. Des jambons et des bottes d'herbes séchées pendaient aux solives.

Une fois à l'intérieur, je me suis adossée au battant. Cela sentait la sauge, le serpolet, l'origan, la menthe. Des grappes de petits piments rouges se mêlaient à une guirlande de chanterelles d'automne. Sur les étagères, le long des murs, s'alignaient les bocaux. Curieuse, je me suis approchée pour en déchiffrer les étiquettes. Poivrons découpés en fines lamelles et confits dans l'huile, tomates séchées, *carciofi* à l'estragon, petits poulpes d'un ivoire délicat teinté de rose, oignons grillés, gelée d'Orvieto, aubergines à l'ail, scorsonères, câpres, *broccoli friarielli*, filets d'anchois roulés, figues à la cannelle, courgettes marinées au vinaigre, olives en saumure… Au sol, des sacs de lin fermés par une ficelle contenaient du riz et des amandes, de l'épeautre, des lentilles. L'Ombrie était réputée pour ces dernières, ainsi que pour son tabac et son huile d'olive – je me rappelais au moins ça.

Mais la recette ? Ma mémoire s'était vidée. Je ne savais plus rien. Depuis que j'avais entrepris le grand nettoyage de l'*osteria*, je me contentais, le matin, de faire cuire de la polenta, que je laissais refroidir, puis découpais, sans grand soin, en blocs inégaux. Frits à la poêle avec une tranche du *prosciutto* acheté à l'épicerie le jour de mon arrivée, ils constituaient un repas rapide et nourrissant. Je supposais que la vieille avait mangé la même chose. En tout cas, elle ne s'était pas plainte, jusqu'à présent.

Je me suis assise sur un tabouret qui paraissait avoir été posé tout exprès sous la fenêtre (une fenêtre haute, pour la fraîcheur, et grillagée, pour éloigner les insectes) et j'ai à nouveau ouvert le cahier sur mes genoux. Pendant quelques secondes, j'ai eu l'illusion de me voir à distance : une jeune femme en train de penser au menu du dîner – une femme bien établie dans une vie paisible, une femme aux émotions aussi ordonnées que, dans ses armoires, les piles de linge héritées des mères, grands-mères et arrière-grands-mères. Baignée d'une lumière blanche, farineuse, presque lunaire. Une image tout droit surgie d'un passé idéalisé ou d'un tableau.

– Des conneries, tout ça, ai-je chuchoté à la femme assise. Tu n'existes pas. Et n'essaie pas de me le faire croire.

Et pourtant je tournais les pages, consultais des listes d'ingrédients, sentais sur ma langue le goût des beignets de fleurs de courge et des *struffoli* à la napolitaine.

Et pourtant j'allais cuisiner.

J'ai choisi finalement un plat simple, un risotto au speck et aux asperges sauvages. J'étais sûre d'avoir vu, derrière le bâtiment, leurs feuilles piquantes, caractéristiques, dans la houle des herbes folles qui prenaient d'assaut le petit bois. J'ai donc rapporté le livre dans la cuisine, le laissant ouvert sur la table bien récurée, et je suis sortie par la porte de derrière. Peut-être trouverais-je, par la même occasion, de quoi improviser un bouillon. En l'absence de légumes frais, je devais déployer mon imagination.

Tout en marchant vers la lisière, je réfléchissais : le risotto serait savoureux et consistant, la pointe d'amertume de l'asperge appellerait, pour l'équilibrer, une note sucrée mais légère ; je préparerais donc des poires au marsala – Nebbe les avait mises en bocaux au dernier automne, énormes et d'un or pâle du plus bel augure. Dans la cave, il devait y avoir une réserve de vin mais, de ce côté, je n'avais pas grand espoir : chez *Zia Nebbe*, on devait servir, en pichet, un rouge râpeux capable de détruire la saveur de n'importe quel plat – et l'estomac de n'importe qui. De l'eau serait préférable.

J'ai pressé le pas ; le ciel était encore clair, mais les arbres, devant moi, formaient une masse confuse. J'espérais ne pas avoir trop de mal à retrouver l'endroit où j'avais cru apercevoir les asperges. Regrettant de ne pas avoir emporté une lampe, j'ai sorti mon téléphone portable de ma poche et, à la faible lueur de l'écran, j'ai entamé mes recherches.

Elles étaient bien là, au pied d'un abricotier au tronc évidé par l'âge. On ne pouvait s'y tromper : les tiges droites, les têtes semblables à des épis à peine courbés… J'ai commencé ma récolte, veillant à casser les tiges sans les arracher : ainsi, elles repousseraient au printemps prochain. Je me suis étonnée, fugitivement, de me soucier d'une saison que je ne verrais sans doute pas ici, puis je me suis dit qu'une autre, ou un autre, passerait dans le coin et se servirait.

En furetant, froissant des feuilles pour en sentir le parfum, les mâchant, j'ai rassemblé une touffe de chicorée sauvage, un peu de barbe des moines, des pousses de sénevé, la moutarde des champs dont les feuilles, cuites avec de la morue ou de l'ail et du piment, sont si savoureuses. J'aurais mon bouillon d'herbes. Le goût du risotto serait différent, plus acidulé peut-être. Et le vin blanc ? Je n'avais pas pensé au vin blanc. Il fallait vraiment que j'explore la cave.

À neuf heures du soir, le plat était prêt, le dessert aussi, les assiettes tenues au chaud sur le poêle à bois. J'avais mis le couvert pour deux, non dans la salle du restaurant mais dans une petite véranda qui donnait sur le côté du bâtiment. Par les hautes vitres – nettoyées la veille –, je voyais l'or pâle des folles avoines et des fléoles des prés, qui tranchait avec les ténèbres environnantes. J'avais trouvé une nappe, des serviettes, lavé deux fois les verres poussiéreux et les couverts ternis.

Mais Nebbe restait introuvable.

Elle ne pouvait pas aller bien loin, pourtant, dans son fauteuil. Seul le rez-de-chaussée du bâtiment lui était accessible : elle y avait sa chambre, un réduit sans fenêtre situé près de la réserve, et les rares meubles étaient disposés de façon qu'elle puisse y circuler.

J'ai défait le nœud de mon tablier et je l'ai plié, sans savoir où le poser. Si je m'étais trouvée dans ma propre cuisine, je n'aurais pas hésité un instant. Une cuisine en dit long sur celle ou celui qui y travaille, car ce sont ses gestes qui la modèlent ; son ordre, ses routines, son passé. Madame Thérèse, ma première patronne, aimait avoir tout sous la main, instruments et condiments, farine et cornichons à découper en lamelles pour orner une tranche de pâté de campagne, feuilles de salade, économe et tranchoir, torchons, ficelle à rôtis, tout cela au milieu des épluchures de pommes de terre et des fanes de radis coupées net. Des peaux d'oignons cuivrées tombaient sur le carrelage, où le moindre souffle venu de la porte battante les soulevait, feuilles mortes d'une saison éternelle, car l'Auvergne natale de la cuisinière était toujours celle de l'hiver, de la potée et de la truffade. De job en job, j'avais vu des cuisines d'une saleté repoussante et d'autres aussi propres qu'une salle de bain neuve, des laboratoires séparés du restaurant par une simple vitre, comme si cuisiner n'était pas un mystère mais une opération de chimie hygiénique et scrupuleuse, un petit théâtre peuplé de mimes qui portaient le bonnet empesé et s'inclinaient avec gravité sur des plans de travail dessinés par un *designer*.

La cuisine de Nebbe était vaste et obscure, pleine de placards ménagés dans les recoins les plus inattendus. Pleine d'odeurs anciennes, celles des ragoûts mijotés durant des heures, de la charcuterie frottée à la cendre, de l'ail écrasé au pilon. Je m'y sentais bien.

J'avais déjà pris la décision de rester, mais je ne l'ai su qu'à ce moment-là : quand ma main a trouvé, presque à tâtons, la cheville de bois patiné à laquelle j'allais, chaque jour, accrocher mon tablier.

Je n'ai pas eu besoin de l'annoncer à la vieille : celle-ci, qui s'était enfermée plus d'une heure dans la salle de bain pour faire une grande toilette et avait revêtu ce que j'ai supposé être sa plus belle tenue – une robe bien trop grande pour elle mais d'un joli vert tendre –, l'a compris dès la première bouchée avalée. Nous avons dégusté notre repas en silence. Le risotto parlait pour nous, et les poires dodues baignant dans le marsala, et le *trebbiano d'Abruzzo* trouvé dans le fond de la cave, derrière un mur de cubis vides.

– Tu as bien choisi. C'est un vin tranquille, a dit seulement Nebbe.

Je l'ai resservie et j'ai rempli à nouveau mon propre verre. Un vin tranquille. Oui, c'était exactement cela. Il ne livrait pas bataille, sur la langue, aux saveurs relevées du speck et des asperges, et laissait le goût plus doux du riz arborio s'épanouir une fois celles-ci évanouies.

Le Chat, à qui j'avais servi un peu de risotto mélangé aux petits pois dont il semblait raffoler, avait nettoyé son bol avec autant de concentration que s'il avait pris soin de lui-même, puis il s'était installé entre mes jambes, sous la table. Pendant que nous mangions les poires fondantes, j'ai senti la fraîcheur de sa truffe sur mon mollet ; sans se lever, il a commencé à le lécher. Sa langue était râpeuse. Il se délectait du sel de ma sueur comme moi de la chaleur de fin d'automne enfermée dans les fruits et des notes de miel et d'amande du marsala. J'étais son dessert, ce soir-là. Une fonction qui en valait bien d'autres.

Finalement, j'étais plus contente que déçue.

13

Kamar

Ne pas sortir seule.

Hana s'est blessée à la jambe. Une tige de fer rouillé. Je l'ai emmenée à l'infirmerie. Des heures à attendre, debout, sous la pluie. Une bénévole a nettoyé la plaie, m'a donné quelques compresses de rechange. Tout manque, ici, surtout les médicaments.

Ne pas sortir seule.

Nous restons dans la tente. Sauf quand nous ne pouvons pas faire autrement. Pour manger, pour essayer de nous laver, pour aller aux toilettes. La nuit, je n'ose pas laisser Hana : je me retiens jusqu'à ce que mon ventre soit dur comme du bois. Pendant des heures, je fixe la toile. La pluie y forme des poches, où nagent des brindilles et des feuilles. Je les regarde tournoyer. Captives, comme nous. Empêchées. Jusqu'à ce qu'un coup de poing les libère ou les condamne.

Ne pas sortir seule.

Ces mots, les femmes les mâchent toute la journée. Ils sifflent dans mon dos, à mes oreilles, ils obstruent ma gorge. J'ai peur. J'ai peur des regards, des silhouettes qui se déplacent à la limite de mon champ de vision, et même l'obscurité est grosse de menaces. Aucun repos, ni jour ni nuit, jamais. Cette terre où nous nous sommes échouées est plus dangereuse que la mer.

Ne pas sortir seule.

Couchée tout contre ma fille, pour ne pas m'endormir je me récite des recettes, toutes celles dont je me souviens. *Basboussa*, le goût des pistaches concassées, la semoule moelleuse, *kebbe* à l'aubergine, *keshke* aux noix et à la menthe fraîche, gombos à la tomate assaisonnés de *b'har*, le poivre d'Alep, *mhallabiyé* décoré de fruits secs, houmous de betteraves, courgettes farcies au yaourt. Dans l'obscurité, mes mains se souviennent, elles aussi, se referment sur un pilon ou le manche d'un couteau, hachent et tranchent, épluchent, se posent sur le flanc du moulin, montent vers mon visage. Cannelle, piment, muscade, herbes fraîches. Hana aimait respirer les parfums qui restaient sur la pulpe de mes doigts quand je cuisinais. Je lui apprenais à les distinguer. J'aimerais tant pouvoir continuer ces leçons-là. Les couleurs, les saveurs, les odeurs. La vie.

Ne pas sortir seule.

Les femmes se déplacent en groupe, un seul corps aux multiples têtes. Aucune ne dévie du chemin tracé. Au centre marche Lamia, son bébé est né ici, elle enfouit son visage dans une couverture imprégnée de lait et d'urine aigrelette, jamais elle ne lève les yeux. Les femmes font rempart. Les femmes ont un mot pour chacune de leurs blessures, aucun pour nommer leur force. Elles connaissent les interdits, les périls. Leurs histoires sont cruelles et tristes. Ce qu'elles savent, ce qu'elles taisent ferait pencher le plateau de n'importe quelle balance.

Elles sont là.

Ne pas sortir seule.

Je ne sais pas où je trouve le courage ou la folie de m'arracher à elles, le jour de la camionnette. Un carré de pénombre que personne ne surveille, un moteur en marche, des cageots juste déchargés, ma respiration se bloque, je me faufile à l'arrière, poussant ma fille devant moi.

Les femmes m'ont vue. Aucune ne crie. Le rempart de corps se reforme, en une seconde le vide laissé par notre fuite a été comblé.

14

Acia

Avant d'ouvrir à la clientèle l'*osteria* rénovée, il me restait un certain nombre de choses à faire.

D'abord, trouver de l'argent. Je voulais repeindre la façade du bâtiment et les murs de la salle, réparer les chaises bancales, jeter celles qui ne pourraient plus jamais supporter le poids d'un homme repu, cirer les vieilles tables de bois et aménager une terrasse en isolant une partie de l'ancien parking. Or, la somme restant dans mon portefeuille était toujours la même. Autant dire nulle.

Ce matin-là, Nebbe avait manœuvré son fauteuil de manière à profiter du soleil. Par la fenêtre ouverte, un vent frais entrait, ranimait les odeurs mortes et faisait voleter sur son front une mèche de cheveux qui ressemblait à la cendre d'une écorce de saule. Je me suis hissée sur le rebord et je l'ai interrogée sans préambule.

– Vous avez de l'argent ?

Les paupières de la vieille femme ont palpité, mais elle n'a pas ouvert les yeux. Un sourire presque tendre s'est dessiné sur ses lèvres.

– Je me demandais quand tu me poserais la question.

Un silence gênant s'est installé. J'ai essuyé mes mains moites sur le jean coupé que je portais pour faire le ménage et bricoler.

– Je ne veux pas vous voler. Ni être payée. Juste faire quelques travaux nécessaires, ai-je dit à voix basse.

– Si tu avais voulu me voler, je t'aurais déjà logé une balle entre les deux yeux.

– Avec quoi ?

– Avec ça.

Nebbe a enfoncé une main dans la poche de tissu qui pendait à l'accoudoir gauche de son fauteuil – j'avais supposé, à tort, qu'elle y gardait ses lunettes, son tricot, éventuellement un livre – et en a sorti un petit pistolet aussi noir et luisant qu'un bébé labrador.

– Il est beau, non ? Et je sais m'en servir.

Et elle a cligné de son œil ouvert comme pour souligner une bonne plaisanterie.

– Ne t'effraie pas, ma fille. Je voulais juste que tu saches où il est, en cas de besoin. Oui, j'ai un peu d'argent. Pas à la banque, je n'ai jamais fait confiance à ces gens-là : ils te prennent tes billets et Dieu sait ce qu'ils en font ! Ils ne sont même pas capables de te rendre les mêmes, j'ai vérifié en les marquant. Mais si tu soulèves la pendule qui est dans ma chambre, tu trouveras de quoi les payer, tes travaux nécessaires... nécessaires à quoi, je n'en sais rien, mais je suis sûre que tu trouverais une explication. Sauf que là, j'aimerais piquer un petit somme. Alors ne m'ennuie plus avec ça, compris ? Et fais ce que tu veux !

Elle a fait tourner son fauteuil, et les rayons des roues métalliques ont brillé l'espace d'une seconde dans le rai de soleil qui filtrait entre les volets. Pas question de laisser ceux-ci ouverts, avait-elle décidé, sinon elles n'auraient plus une minute, avec tous ces motards qui traversaient le village. Je n'avais vu aucun motard, mais j'avais également compris que contredire Nebbe était à la fois inutile et épuisant. Je laissais donc filer. Comme je l'avais fait depuis que j'étais en âge de réfléchir, ou à peu près. Laisser croire aux autres que je les approuvais était même devenu une seconde nature. Garder le dos rond en prévision des tempêtes. C'était sans doute pour cela que le Chat s'était attaché à mes pas : il avait flairé l'obéissance, cette soumission chevillée au corps dès l'enfance. Je ne pouvais pas m'en débarrasser, de cette stratégie de survie qui me muselait, me poussait à accepter n'importe quel travail, même répugnant, même mal payé, oui, n'importe quoi sauf sortir de la trépidation du monde, en être éjectée et rester là, inutile et vide.

Ici, c'était différent. Il y avait la vieille femme, il y avait le Chat et ses orgies de petits pois. Il y avait ce restaurant de bord de route qui glissait, lui aussi, vers la décrépitude et l'abandon. Je travaillais à sa renaissance, moi qui avais toujours tout gâché. Je dormais comme une bûche et je ne me réveillais plus au milieu de la nuit, cramponnée à mon drap, guettant des bruits de pas dans l'escalier et des coups à la porte, ces coups qui signifiaient toujours « Va-t'en, dégage, on t'a assez vue ». Je ne rêvais plus. Plus de puits ouverts sous mes pas. Plus de doigts refermés autour de ma cheville, tirant, écartant mes cuisses, plus d'odeur de linge chauffé au fer et de désinfectant. Plus de ces taches qui devenaient roses et jaunes sans jamais s'effacer tout à fait. Plus de rumeur dans le couloir de l'hôpital, que je tentais de percer pour y retrouver le cri menu, vite éteint, de ma fille.

Ma fille dont le visage, qu'on ne m'avait pas laissé voir, revenait nuit après nuit me supplier de le reconnaître.

Pendant que Nebbe faisait sa sieste, je suis sortie sur le parking et, pour la première fois depuis que j'y avais garé ma voiture, j'ai regardé autour de moi. Il n'y avait pas grand-chose à voir : d'un côté, la route qui miroitait à perte de vue ; de l'autre, le village aligné de part et d'autre de la bande de bitume, et, au loin, une muraille rocheuse couronnée d'une sorte de forteresse. Assise, que je n'avais jamais vue de plus près. Entre les deux, des champs, des oliviers et des fermes blotties dans l'ombre longue de leurs cyprès. Le village était en marge de l'Italie des touristes, ils ne faisaient qu'y passer en allant vers Pérouse ou Florence, ils ne s'arrêtaient même pas pour acheter des cartes postales – d'ailleurs, plus personne n'en envoyait, non ? J'ai senti mon espoir tout neuf s'amenuiser. Je n'y arriverais pas. J'allais dépenser en pure perte l'argent d'une vieille femme malade pour finalement me retrouver au même point, avec ma bagnole, ma plante et ma marmite.

J'avais tellement envie de m'arrêter. De pouvoir dire, ou même juste penser, que j'étais à ma place, un peu utile, un peu chez moi.

Tout en allumant la dernière cigarette de mon paquet, je me suis adossée à une portière de la Fiat. Le fléchissement des essieux, sous mon poids, me donnait presque l'illusion d'une présence. Les yeux toujours fixés sur la lointaine basilique d'Assise, je savourais une bouffée après l'autre. Un garçon juché sur une Vespa rose est passé en trombe sur la route, mordant sur le parking et soulevant un nuage de poussière ; aussitôt après, un car aux vitres blanchies a roulé jusqu'aux premières maisons et s'est immobilisé dans un couinement prolongé. Un arrêt non signalé – j'avais l'habitude. Toujours l'Italie. Plusieurs personnes sont descendues. Des vieux. Quelques femmes en deuil, comme j'en avais vu bien plus au sud, robe et tablier noirs, fichu sur la tête. Un couple, bras accrochés, sa tête à elle penchée vers son épaule à lui, tous deux voûtés, les jambes tremblantes. Ils ont posé leurs pieds avec précaution sur le sol irrégulier et ont esquissé ce qui ressemblait à quelques pas de danse avant de clopiner vers le coin d'une ruelle. Je les ai suivis des yeux. Où étaient les motards annoncés par Nebbe, où étaient les jeunes de ce village ? Où, la vie bruyante et avide, les mâchoires solides, les estomacs affamés ? Pour faire marcher ce restaurant, j'allais avoir besoin de beaucoup plus que mes talents de cuisinière. J'allais devoir faire preuve d'imagination.

J'ai jeté ma cigarette, passé machinalement ma main sur une aile de la Fiat, un peu comme si je caressais un cheval. Et je suis restée là, figée, la paume étalée sur la carrosserie tiède.

La Fiat. Bien sûr. J'aurais dû y penser plus tôt.

Le garage se situait exactement à l'autre bout du village. Dans son genre, il était aussi délabré que le restaurant de Nebbe : un hangar miteux, une cour au béton taché d'huile, et là encore, des herbes folles à n'en plus finir, ondulant dans la brise ou aplaties sous des véhicules à divers stades d'abandon, une camionnette des années cinquante dont ne subsistaient plus que le capot et une banquette d'où s'échappait la bourre, plus loin une petite Lancia sur cales, une Simca bariolée aux couleurs du drapeau italien, sans portières, et même une Jaguar dont la peinture avait pelé.

Pour dire la vérité, j'ai failli faire demi-tour. Je ne voyais aucun véhicule en bon état devant le bâtiment, à l'exception d'un vieux Piaggio Ape, à l'arrière duquel étaient entassées des cagettes d'où dépassait quelque chose de vert. Je suis quand même sortie de ma voiture et je me suis approchée. C'étaient des fanes de radis, et les radis qui se trouvaient en dessous étaient presque aussi dodus que des navets de printemps, et d'un beau rose, bien que maculés de terre.

– Il y a quelqu'un ? ai-je lancé.

Comme personne ne me répondait, j'ai entrepris d'explorer les lieux. L'intérieur du hangar était sombre et sentait le cambouis, mais aussi, étonnamment, le fenouil ; de gros bulbes débordant d'un panier à deux anses, juste à côté d'un moteur en pièces et d'une roue qui avait dû appartenir à une voiture de course avant la guerre. L'endroit semblait désert.

Dehors, le soleil tapait. J'ai fait le tour de la cour. Ma méfiance se dissipait peu à peu, car tout était bien rangé, des piquets de clôture alignés contre le grillage rouillé aux pneus empilés par ordre de taille. Il y avait même trois voitures en bon état, avec le prix affiché sur le pare-brise. En me penchant, j'ai vu que l'intérieur était propre. J'ai repris espoir. On ne me donnerait sans doute pas grand-chose pour ma vieille Fiat, mais ce serait de l'argent à moi, et je n'aurais pas l'impression de dépouiller Nebbe. Pour le salaire, ou un intéressement aux bénéfices, on verrait plus tard, si la clientèle revenait, si…

Je me suis arrêtée là dans mes hypothèses. Derrière le hangar, au lieu de la friche semée de carcasses et d'outils hors d'usage que je m'attendais à trouver, s'étendait un potager. Pas un carré de salades flanqué d'une bordure d'herbes aromatiques et de trois pieds de tomates, non ; pas de mini-serre bricolée ni de rangées de pots de fleurs accueillant des graines en train de germer sous un couvercle en plastique. Un vrai potager, prolongé par un verger planté de cerisiers, de poiriers – je devinais à présent d'où venaient les fruits que Nebbe avait mis en bocaux –, d'amandiers et de pruniers. Des chicorées rouges de Trévise bordaient des rangées de buttes d'où pointaient les têtes d'asperges ; plus loin, j'apercevais les oignons nouveaux, les laitues romaines à grandes feuilles et des artichauts violets. Les gousses des petits pois, bien gonflées, se balançaient. Il n'y avait pas de vent, pourtant, mais un homme accroupi derrière les rames, dont les doigts passaient entre les tuteurs pour casser doucement les tiges. Il sifflotait ; il devait être content de sa récolte. Je l'aurais été, à sa place. Les couleurs et les odeurs de ses légumes me donnaient le tournis. À force de trimer dans des arrière-cuisines et des salles surchauffées, j'avais oublié le printemps et ses présents somptueux. J'étais comme ivre.

Posant mes pieds, avec précaution, sur la mince bande de terre qui séparait deux rangées de salades, je me suis avancée. Ils étaient là, devant moi, les plats que j'allais préparer. Tous ces légumes finiraient un jour ou l'autre dans la marmite de ma grand-mère. J'achèterais du riz et de l'huile, je trouverais aux alentours des volailles de ferme et des œufs frais, et pour le poisson, je me débrouillerais… sauf que je n'aurais plus de voiture. Mais il en fallait davantage pour me décourager.

– Bonjour !

L'homme n'a pas bougé. Il était peut-être un peu sourd. *Encore un perdreau de l'année,* ai-je pensé, *ce n'est pas ici que tu trouveras l'amour, Acia. Ils ont tous dépassé les soixante-dix ans, et de loin.*

– Bonjour !

Toujours pas de réponse. Je me suis assise sur un carré de terre humide et j'ai attendu que le jardinier remarque ma présence. Cela ne me dérangeait pas : pour une fois, j'avais du temps. Je pouvais rester immobile, respirer à pleins poumons et observer, autour de moi, un jardin en train de vivre et de croître. Et ce que je voyais me plaisait.

Je n'ai pas songé à regarder ma montre, aussi n'ai-je aucune idée du temps qui s'était écoulé quand il s'est enfin redressé. Il avait calé le panier contenant les petits pois contre sa hanche – un geste féminin qui lui donnait une sorte de grâce. Pourtant, il n'était pas beau : des mains comme des battoirs, un visage tout en creux et en bosses, un grand front dégarni. Plus jeune que je ne l'aurais cru, quand même, la cinquantaine, probablement. Il se tenait un peu voûté, comme s'il ne savait pas trop quoi faire de son corps. Sans doute aurait-il aimé pouvoir le plier et le ranger dans une armoire quelconque avant de vaquer à ses affaires, allégé de ce poids inutile d'os et de peau.

Il m'a souri. Ses yeux pétillaient au milieu des rides semées par le vent, le soleil et aussi, peut-être, l'humour.

– Vous êtes Acia.

– Les nouvelles vont vite, ai-je répondu en me levant. Et vous êtes Nino. Nebbe m'a parlé de vous, mais je ne savais pas que vous étiez aussi garagiste.

– Il faut faire un peu de tout, dans la vie.

– À qui le dites-vous. J'ai une voiture à vendre. Et besoin de légumes. Et peut-être d'un coup de main de temps en temps, pour le restaurant.

– Eh bien, vous êtes au bon endroit.

Je le savais déjà.

C'est à cet instant que la petite fille est sortie du hangar, en boitant, et m'a regardée.

15

Kamar

Hana, ma douce. Elle est si maigre que la lumière la dévore, la consume, alors qu'elle se tient là, à la porte du hangar. Le coton de sa robe laisse voir en transparence ses jambes, ses bras, si frêles qu'on les casserait d'une main, même les os de ses doigts sous sa peau se dessinent avec la précision d'un croquis d'anatomie.

Et puis elle tourne un peu la tête vers moi, et son profil d'enfant me foudroie. Je ferme les yeux. Pendant une seconde, j'ai vu son père, Assâad, debout à sa place, comme elle, enveloppé de clarté. L'amour est un labeur brûlant ; pire que la moisson de dix champs, il éreinte, essouffle, assèche, réclame plus qu'on n'aurait cru pouvoir donner. Prendre racine dans un autre être, c'est accepter d'être déchiré. Porter un enfant ne dure pas neuf mois. Jour après jour, Assâad, je t'ai gardé debout et vivant dans ma mémoire. Jour après jour, Hana, je t'ai redonné naissance. Jusqu'à aujourd'hui. Et je continuerai. Parce qu'il le faut, tout simplement. Parce que je n'imagine même pas une autre voie pour mon amour.

– Bonjour ! Comment tu t'appelles ?

La femme qui discutait avec Nino près de la camionnette s'accroupit, ses yeux sont doux et fatigués sous sa frange irrégulière, elle tend la main vers Hana, qui recule et vient enfouir son visage dans les plis de ma jupe.

– Elle est timide ? demande-t-elle.

– Elle a peur.

J'ai répondu en anglais. L'italien, je commence à l'entendre, est un ruisseau impétueux dont les syllabes roulent joyeusement sous la langue, une averse de cailloux colorés qui rebondissent les uns sur les autres. Pour prononcer ces mots que je mémorise avec application jour après jour, j'ai le cœur trop serré. Quelque chose s'est logé là, quelque chose que je ne sais pas nommer, une absence plutôt, un vide.

Assâad ne reviendra pas. Sa place dans mes lits de hasard restera froide. Les nuits passeront, l'une poussant l'autre dans ses propres ténèbres, et je m'userai, jour après jour, je deviendrai mince et coupante, transparente, jusqu'à m'effacer, à m'effondrer enfin, sans un bruit.

Non. Je suis folle. Je ne dois ni dire ni penser ces choses. Hana a besoin de moi. Depuis le camp, elle ne parle plus. Elle ouvre la bouche, passe sa langue sur ses lèvres comme pour s'assurer qu'elles sont encore là, une grimace de souffrance déforme ses traits alors qu'elle s'efforce, mais le mot ne vient pas, quelque chose racle au fond de sa gorge, une plainte rêche, un cri avorté.

Si je pouvais seulement. Si je pouvais la reprendre en moi, à l'abri, dans le doux, le tiède, le flottant – fredonner pour elle des chansons à bouche fermée, comme je le faisais pendant ma grossesse, poser mes mains sur mon ventre, épouser la rondeur de ses petits genoux durs, calmer le battement de mon cœur et du sien, alors tout irait bien, je le sais.

Mais nous sommes là. Séparées, ensemble malgré tout, dans ce hangar où flotte l'odeur du bois coupé et des fruits un peu trop mûrs. J'ai passé la nuit à la humer, les yeux fermés, c'était si bon ! Rien que cela, cette odeur propre et saine, le goût du pain frais et de la soupe de légumes dans ma bouche, un sol sec pour dormir, de l'eau à profusion, c'était une sorte de miracle.

– Vous venez d'arriver ? me demande la femme.

– Oui.

– Moi aussi. Nous devrions nous souhaiter mutuellement la bienvenue.

Son sourire est franc, amical, mais son regard ne lâche pas Hana, toujours enfouie dans les plis de ma jupe.

– Quel âge a-t-elle ?

– Neuf ans.

– Neuf ans…

Ses traits s'affaissent, et tout à coup elle paraît plus âgée. Un silence s'installe. Je ne sais pas ce que cela veut dire. Qui est cette femme ? Elle travaille peut-être pour les services sociaux, l'immigration. Elle va retourner vers sa voiture, revenir avec un dossier cartonné, me poser ces questions auxquelles j'ai déjà répondu cent fois, prendre des notes. Elle m'enlèvera ma fille. Un frisson acide parcourt ma peau, un cercle de fer se referme autour de mes côtes, je transpire, je ne peux plus fuir, ce cube de tôle et de bois est le dernier piège, celui où je devais échouer. Ma vie va finir là. Je ne pourrai pas sauver Hana, tenir ma promesse, Assâad, mon amour, j'ai essayé, vraiment essayé, tu sais. J'aurais raclé ma peau avec toutes les pierres rencontrées sur la route pour que ce moment n'arrive jamais.

Nino, resté jusque-là près de son véhicule, toussote.

– Acia… quand vous m'avez dit que vous aviez besoin d'un coup de main à l'*osteria*, j'ai pensé à Kamar. C'est une bonne cuisinière. J'ai oublié le nom du plat qu'elle a préparé hier soir, mais c'était goûteux.

– *Fassoulieh b'zeyt.*

Ces mots-là ont glissé sur ma langue comme une cuillerée d'huile tout juste pressée. L'espace d'une seconde, s'arrondit dans ma bouche le volume parfait d'une olive mûre. C'est la fin de l'automne, la saison de la cueillette, nos rires se mêlent au froissement des feuilles doublées d'argent mat ; j'ai neuf ans, moi aussi, mes cuisses serrent le tronc lisse, je fouille au cœur des branches un coffre empli de trésors, les joyaux roulent entre mes doigts, je porte cette richesse entre le ciel et la terre fissurée par la chaleur. Des heures et des heures au cœur des arbres, à écouter leur murmure. Le repas de cueillette, sur la longue table, à l'ombre. Le trajet jusqu'au pressoir, dans les camions brinquebalants, le parfum puissant et fruité…

– *Fassoulieh b'zeyt*, répète la femme. C'est beau.

– Goûteux, répète Nino.

Je m'enhardis, j'explique, toujours en anglais :

– L'important, c'est l'huile. Elle doit chanter. Et briller, à l'intérieur, vous savez, quand on l'avale. Une lumière un peu verte, un peu dorée. C'est un plat simple, pas de viande, des haricots verts, des tomates. Oignon, ail, des graines de coriandre moulues…

L'étreinte des petits bras, autour de ma cuisse, s'est desserrée : Hana a renversé la tête, ses nattes oscillent doucement dans son dos. J'ai l'impression qu'elle boit mes mots, et, pour la première fois depuis des semaines, son visage est redevenu un visage d'enfant. Je m'accroupis, j'approche ma bouche de son oreille et je chuchote :

– Ici aussi, il y a des oliviers. Nous les avons vus sur la route, tu te rappelles ? Un olivier, ça résiste à tout, même aux grandes tempêtes. Quand tu caresses leur écorce, tu peux lire leur histoire et celle des femmes et des hommes qui ont pris soin d'eux. Tu es mon petit arbre tenace, et les tempêtes sont derrière nous, *kbida*.

J'espère lui dire la vérité. Je l'espère vraiment.

La femme s'est redressée. Elle se tourne vers Nino.

– Je vais prendre une caisse de haricots verts, alors. Des petits pois, des artichauts, des asperges, de la trévise, énumère-t-elle. Des herbes fraîches, aussi.

– Et des graines de coriandre ? Je vais vous préparer tout ça.

– Nous n'avons pas parlé de la voiture…

– Ce n'est pas un peu prématuré ? Vous allez en avoir besoin pour ramener votre nouvelle équipe de cuisine à bon port, précise-t-il. Elles seront bien, avec vous, là-bas. Je connais Nebbe.

Acia lâche un petit rire.

— « Un vrai cactus. Les épines sont longues, mais en dessous, c'est doux et sucré », récite-t-elle avec un sourire en coin.

– Je vois que vous avez déjà fait la connaissance de Porfirio. C'est un personnage.

– Vous êtes tous comme ça, dans ce village ? interroge-t-elle.

La question a fusé, presque agressive. Nino fronce les sourcils.

– Que voulez-vous dire ?

– Des personnages. Je veux dire : vous n'avez pas l'air… réels.

– C'est quoi, réel, pour vous ?

La question la prend au dépourvu. Sa lèvre inférieure avance légèrement, son front se plisse.

– Trop long à expliquer, finit-elle par lâcher.

– Une autre fois, alors.

– Oui. Peut-être.

Elle fouille son sac, en sort un portefeuille. Nino fait un signe de dénégation.

– Pour Nebbe, j'ai toujours une ardoise. L'*osteria* est fermée depuis son accident, donc vous me paierez le mois prochain. Et pour votre voiture, eh bien, on verra à ce moment-là. Ça vous va, Acia ?

Sans un mot, elle hoche la tête. Nino se tourne vers moi.

– Et vous, Kamar ? Je ne veux pas vous donner l'impression que je vous traite comme un meuble encombrant, mais je vous avais dit qu'ici, c'était provisoire. Je n'ai pas de chambre pour vous et la petite, et vous savez… Les gens du coin ont beau être plutôt gentils, ils adorent se raconter des histoires sur leurs voisins. Je ne voudrais pas être le héros de la prochaine rumeur, ni qu'elle vous concerne. Je sais que votre situation est compliquée, mais je vous promets que je vais essayer d'éclaircir tout ça. Retrouver votre cousin à Athènes, vous acheter un billet de train ou organiser un transport avec une personne sûre… Il me faut juste un peu de temps. Vous me faites confiance ?

La confiance. Un mot que je pensais avoir laissé derrière moi, avec les murs sept fois centenaires de la citadelle d'Alep, les norias tournant paresseusement dans les eaux brunes du fleuve, le dallage frais de la *'atabé*, ma robe de mariée enfermée dans une gaze pour la protéger des mouches, et les objets familiers dont chacun avait une place et une fonction précises, même si cette fonction n'était que de réjouir les sens : le plateau de cuivre émaillé, le brûle-parfum offert à ma tante en cadeau de noces, le coffret dans lequel elle rangeait sa correspondance et celui où je conservais les photos d'Hana, le grand métier à tisser dressé sous une fenêtre. Là repose la confiance, sous le mur fissuré par les explosions, elle est criblée de balles, la confiance, aussi maigre que ma fille muette, elle n'a plus de pays où s'épanouir ni de nourriture pour reprendre vie.

Et pourtant, dans la voiture qui roule toutes vitres ouvertes, la chaleur sèche sur mon visage, la houle des champs qui défilent, brun et or, crissants d'insectes, l'arc du ciel vibrant viennent à ma rencontre et se fraient un chemin, oh, pas même un chemin, une lézarde, plus fine qu'un cheveu, mais cela suffit pour que, comme une enfant, j'offre ma paume à la caresse de l'air, doigts modelant le vent, avec les gestes retrouvés de celle qui pétrit la pâte pour le pain de la semaine.

16

Acia

Nebbe prenait le soleil à la porte de l'*osteria* quand j'ai garé la voiture juste devant les roues de son fauteuil. Sans un mot, elle nous a regardées sortir de la Fiat et décharger les cagettes débordantes de légumes. La petite Hana portait les sacs en papier qui contenaient les herbes et les graines. Elle a trottiné derrière moi jusqu'à la cuisine et les a posés sur la table en prenant garde de ne pas les froisser. Des deux mains, elle a caressé le bois, puis s'est accroupie pour empoigner avec fermeté l'un des pieds. Ils étaient si solides, si massifs que je les imaginais taillés, tous les quatre, dans le tronc d'un jeune arbre déraciné par une tempête. Peut-être avait-il été emporté par une crue et avait-il parcouru une longue distance, roulé et malmené par le flot, avant de s'échouer dans une anse et d'y sécher. Longtemps après, quelqu'un était passé et l'avait remarqué. Droit et sans défaut, dénudé, pâli par l'excès de lumière. Parfait pour supporter le poids d'un lourd plateau. Il y avait peut-être cent ans de cela, ou plus, mais la mémoire des arbres est durable : qui sait ce que celui-ci pouvait raconter à une petite fille.

Kamar a regardé Hana, a fermé brièvement les yeux, puis s'est tournée vers moi.

– Acia, cela ne vous dérange pas, qu'elle…

– … reste là ? Pourquoi ? Elle a l'air bien, c'est le principal. Venez, je vais vous montrer votre chambre.

Pendant le trajet, j'avais réfléchi à ce que je pourrais dire à Nebbe – à propos des promesses de Nino, de la voiture, des légumes, du fait que nous avions besoin d'aide, de la façon dont Hana avait enlacé ma cuisse, comme elle enlaçait à présent le pied de la table – mais toutes les phrases que j'avais préparées s'étaient envolées. Je la mettais devant le fait accompli et je m'attendais presque à ce qu'elle nous chasse. Ma dernière proposition était particulièrement maladroite ; à la place de Nebbe, j'aurais explosé d'une colère noire.

Mais elle a seulement dit :

– Je ne sais pas où tu as prévu de les installer, mais la grande chambre sur l'arrière est libre, comme toutes les autres, d'ailleurs. Elles auront de la place.

Elle a ajouté :

– C'était celle de ma fille.

La fêlure dans sa voix était presque imperceptible. Je me suis retournée : manœuvrant sans bruit son fauteuil, elle nous avait suivies et se tenait à présent dans l'encadrement de la porte. Son corps, tassé sur le siège, paraissait encore plus frêle. Pourtant, ses yeux brillaient. Peut-être retenait-elle des larmes. J'avais l'intuition qu'elle aurait préféré que je l'ignore, aussi ai-je feint une attention extrême pour les herbes que je triais. Il n'y avait presque pas de tiges flétries.

– Votre Nino est un artiste, ai-je lancé d'un ton léger.

– Et bien plus que ça encore. Tu n'as pas tout vu, ici, fillette.

Elle m'a tourné le dos. J'ai entendu le chuintement de ses pneus sur le dallage. Je n'ai pas bougé. Un brouillard piqueté de points lumineux effaçait les angles des meubles, la cuisine paraissait rapetissée. Je ne voyais plus que la botte de ciboulette ouverte devant moi, une unique tige jaune, posée en biais, y traçant une frontière bien visible. Je pouvais l'enlever et la jeter, pas oublier qu'elle avait été là. Certaines choses se fanaient, mouraient ou ne venaient jamais au jour ; leur trace demeurait. Il y avait avant, et après.

Ils ne m'ont même pas laissée voir son visage.

Ma fille. Je sais que c'était une fille.

Je ne lui ai pas donné de nom.

Sans nom, comment peut-on se souvenir ?

D'une main, j'ai balayé les herbes hors de mon champ de vision.

– Acia ?

La voix de Kamar. Plutôt un murmure. J'ai baissé les yeux sur Hana, enroulée autour du pied de table, et un brûlant sentiment de honte m'a envahie. Je pleurnichais sur le passé alors que ces deux-là avaient vécu l'enfer – Kamar ne m'avait rien raconté pendant le court trajet en voiture, mais je le savais, tout le monde le savait, non ? Et personne ne faisait grand-chose, c'était loin, quelque part en mer, quelque part sur une île rocheuse, et puis c'était l'affaire des gouvernements, qui brassaient de belles paroles, se renvoyaient le problème, et réduisaient ces femmes, ces enfants, ces hommes à des pourcentages et à des quotas. La sœur de Nino, elle, avait épousé un Maltais et apporté sur cette île son amour des jardins, ses doigts patients et des chansons qu'elle fredonnait en désherbant ses carrés de salade. Un talent de famille. Le potager donnait si bien qu'elle portait chaque semaine son surplus au camp de réfugiés. Et ce jour-là, quand elle avait compris, au retour, qu'elle n'était plus seule dans sa camionnette, elle n'avait pas appelé la police, mais son frère et un cousin installé non loin de Pozzalo, en Sicile. Voilà comment on peut passer les frontières, les détroits et même les mers, entourées de thons énormes, de légumes nouveaux, de bottes de thym. Et arriver jusqu'en Ombrie. Le début d'une belle histoire, qui ne reflète en rien la vie de milliers d'êtres humains et ce qu'ils endurent, jour après jour.

Mais une belle histoire quand même.

– Acia ? Tout va bien ?

J'ai pincé entre deux doigts la tige jaune et l'ai mise de côté dans le petit tas destiné au bac à compost installé la veille. Ce n'est pas le moment de te dégonfler, ma vieille. On n'exige pas de toi que tu portes le monde sur tes épaules, juste que tu prennes ta place dans la file – et *basta*. Cette femme, là, est en train de se demander si tu regrettes ton impulsion, si tu cherches les mots appropriés pour lui dire de traîner sa gamine, sa misère et sa détresse ailleurs. Secoue-toi, rassure-la. La suite de l'histoire, c'est à toi de l'écrire.

– Oui. Oui, je vais bien. Puisque vous êtes là, toutes les deux.

Hana, au son de ma voix, a lâché le pied de la table pour ramper vers sa mère. Kamar l'a prise dans ses bras, et elles m'ont suivie dans l'escalier, dont les marches grinçaient bien moins sous leurs poids conjugués que sous le mien. La chambre indiquée par Nebbe donnait sur les friches où j'avais cueilli les herbes sauvages pour mon premier risotto. En ouvrant l'une des deux larges fenêtres, je me suis surprise à les énumérer à haute voix : chicorée sauvage, barbe des moines, pousses de sénevé. J'ai parlé du goût des feuilles de moutarde, du parfum des touffes de menthe qui poussaient un peu plus loin, près d'un simple filet d'eau, à peine un ruisseau, en bordure de la route.

– Je mets de la menthe presque partout, a dit Kamar. C'est une odeur… comment dire ça ? qui vous habite. Pas obsédante, juste présente. Elle donne une couleur particulière à chaque heure du jour.

– Tu parles très bien anglais, ai-je remarqué.

– J'étais professeure, avant. Peintre, aussi. Et mon mari…

Ses lèvres se sont refermées aussi vite qu'une coquille d'huître sur un couteau manié par une main malhabile. Elle s'était accoudée à la barre d'appui, je sentais le frôlement de sa jupe sur mes mollets nus. De profil, elle ressemblait à un portrait ancien, je n'aurais pas su dire de qui, je n'y connaissais rien, mais ce sourcil net, la fente parfaite de l'œil sombre, les lèvres, j'avais déjà vu tout cela dans un livre, une fois. C'était un visage qui avait traversé les âges pour venir jusqu'à ce lieu, et jusqu'à moi. J'ai senti un petit pincement de jalousie, presque de douleur. C'est ça, la beauté : une sorte d'invasion qui vous repousse autant qu'elle vous attire. Je me suis retournée, dos à la fenêtre. Oui, Hana et Kamar auraient de la place. Au milieu de la pièce, je devinais la trace d'une ancienne cloison. Et il y avait une seconde porte au fond. Quelqu'un, Nebbe peut-être, avait décidé qu'un enfant avait besoin d'espace, d'un royaume à investir et à régenter, d'un coin dissimulé par un paravent sur lequel des montgolfières s'élevaient dans un ciel vert d'eau, d'une large et profonde armoire, et d'un lit entouré de rideaux. Le plancher était nu, sans tapis ; il avait dû être peint en rose, mais de la couleur d'origine il ne restait que des traînées semblables à des nuages effilés ou du sucre de barbe à papa.

À côté de moi, Kamar a poussé un petit soupir. Je l'ai regardée : elle avait fermé les yeux.

– Acia !

D'en bas, Nebbe m'appelait. Je me suis penchée à la fenêtre. La vieille avait fait le tour de l'*osteria* en suivant la bande de béton écaillé qui avait autrefois relié le garage à l'atelier de mécanique.

– Il y a des vêtements dans l'armoire. Certains pourraient aller à la petite. Ou à la grande. Vous n'avez qu'à fouiller. De toute façon, je ne vois pas ce qui pourrait t'empêcher de n'en faire qu'à ta tête, a-t-elle ajouté d'un ton acide.

D'une main sûre, elle a fait volter son fauteuil.

– Et tu sais quoi ? a-t-elle crié à tue-tête, comme si elle voulait prendre le village entier à témoin. Ça me fait plaisir !

***

Le soir, nous avons mangé une ratatouille préparée en vitesse avec les conserves de Nebbe. Les légumes de Nino méritaient qu'on réfléchisse à leur sort.

– Pas une ratatouille, une bohémienne, a rectifié Nebbe. Tu n'as pas mis de poivrons, et tu as tout jeté dans la cocotte en même temps ! Pour la ratatouille, chaque légume doit revenir dans une casserole différente, et…

– Je sais, l'ai-je coupée. C'est un peu mon métier, quand même ! J'ai dit « ratatouille » pour aller plus vite.

– Je ne vois pas l'intérêt d'aller plus vite, a répliqué la vieille, imperturbable. À part se casser la figure plus tôt. Tu ferais mieux de regarder où tu mets les pieds, gamine.

J'ai levé les yeux au ciel. Nebbe était vraiment, vraiment exaspérante, parfois.

Assise en face de moi, Kamar mangeait à petites bouchées tout en nourrissant Hana à la becquée. L'ombre grignotait leurs silhouettes rapprochées. J'ai soudain été saisie d'une peur irrationnelle, celle de les voir disparaître, et je me suis levée pour presser l'interrupteur. Une lumière crue a inondé la table, repoussant l'obscurité le long des murs de la salle.

– Tu vas faire entrer les moustiques, a protesté la vieille. Et je déteste y voir si clair. À mon âge, on a besoin d'adoucir les angles. Et de voiler les reflets, a-t-elle conclu plus bas.

J'ai regardé l'ampoule qui pendait au bout de son fil torsadé.

– C'est vrai que ça manque de romantisme, ai-je tenté de plaisanter. Il faudrait revoir l'éclairage de cette salle avant la réouverture.

— « Il faudrait », « il faudrait ». Tu n'as que ces mots à la bouche. Arrête de parler, retrousse-toi les manches.

– Ah ? Je croyais le faire. Chaque jour, depuis que je suis ici, et dix heures par jour. Désolée si je me suis trompée.

La dispute pointait. Je la sentais gonfler en moi, cette envie corrosive de tout envoyer promener, de briser les liens à peine formés – c'était cette pulsion qui m'avait jetée sur les routes des dizaines de fois, c'était à cause d'elle que je ne restais jamais longtemps nulle part. Elle ressemblait à un serpent noir ocellé de jaune – du moins, c'était ainsi que je me la représentais –, longtemps caché sous les pierres dont je l'écrasais, se nourrissant de chaque petite humiliation ou rebuffade, de la moindre frustration. Il dormait longtemps et se réveillait d'un coup, la tête dressée, avide de décharger son venin.

Mes ongles, sous la nappe, griffaient mes jambes.

– Il y a des tissus dans l'armoire, de quoi créer de belles lumières. Je m'en occuperai, si tu veux, Acia. Nous nous en occuperons, avec Hana.

La voix de Kamar évoquait davantage un souffle de vent que la chute d'une pierre, mais elle a courbé et couché le serpent ; un frisson s'est propagé de mes côtes à l'extrémité de mes doigts. Je les ai dépliés un à un, étonnée : ma colère s'était enfuie.

– Cette armoire… a murmuré Nebbe. Oui, il y a bien des choses là-dedans.

Je l'avais déjà constaté : Hana portait une robe rouge froncée dans laquelle elle ressemblait à un coquelicot, Kamar une longue jupe et un chemisier à col volanté, très Lady Di juste avant son mariage. Sur elle, ces vêtements ne paraissaient pas démodés ni bon marché. Certaines femmes – et certains hommes, aussi – ont le don de prêter leur élégance à deux torchons agrafés ensemble, une comparaison peut-être incongrue mais la seule qui ait surgi dans mon esprit, accompagnée d'un nouveau pincement de jalousie, plus net. J'étais vraiment lamentable. Mesquine. Égoïste. D'une ignorance crasse et d'une stupidité sans bornes.

J'aurais pu empiler jusqu'au dessert des adjectifs insultants sur ma personne sans me soulager pour autant si Hana n'avait pas ouvert grand la bouche, les yeux écarquillés, comme si elle allait enfin crier, libérer sa voix enfouie. Nebbe s'est redressée dans son fauteuil, et Kamar a entouré son verre de ses deux mains tremblantes.

Mais aucun son n'est sorti des lèvres de la fillette. En revanche, un sourire ravi s'est épanoui sur son visage, et elle a plongé sous la nappe. Quelques secondes plus tard, un puissant ronronnement a fait vibrer une petite cuillère posée en équilibre sur le bord d'une assiette.

Le Chat, en comédien conscient de sa valeur et après le temps d'observation requis par son protocole personnel, venait de se décider à entrer en scène.

17

Kamar

La mer est une lame qui m'a fendue en deux alors que j'avais déjà perdu une moitié de moi.

Je me suis réduite, peau et os, à un pitoyable étendard dressé pour rien, le moindre des innombrables symboles d'une guerre dévastatrice. Avec le mur fracassé de notre chambre, mon amour, où j'ai laissé la pierre bleue que tu m'avais offerte le jour de notre première rencontre. Je la revois briller dans ta paume – un fragment de ciel. Je suis heureuse de ne pas l'avoir gardée, on me l'aurait prise, de toute manière. Je ne sais pas qui la possède aujourd'hui, quelles mains jouent avec ou l'ont troquée contre un jour de nourriture, donc de vie, mais, au moins, je l'ai cédée de ma propre volonté. Je n'ai gardé que le tesson de verre, noué dans ma jupe avec la cuillère de bois sculpté. Le bleu est presque le même. Celui du souvenir.

Et puis il y a eu notre fuite. Les coudes, les genoux, les épaules, l'épouvante, l'eau salée, la faim, les portes et les visages fermés. La rive paraissait proche, elle n'a cessé de reculer devant nous. La rive promettait la douceur d'un pays en paix, nous l'avons trouvée âpre comme un fruit brûlé par un gel précoce.

Le village d'Acia et de Nebbe est bien enfoui dans les terres, et j'en suis heureuse. Les coups de boutoir des vagues n'atteignent pas les murs qui s'épaulent. Ni la rumeur des marées, ni les cris des goélands. Les nuages s'étirent, s'attardent longtemps dans le ciel lumineux. Les bruits de la nuit surgissent de la terre, chauds, odorants, couleur de sauge ou de noix fraîche. J'ai envie de les prendre entre mes mains et de les laisser couler avec lenteur, puis de les ramasser et de recommencer. Le silence, ici, est miraculeux.

Lovée entre mes jambes, sur le carreau frais, Hana s'est endormie. Acia a glissé sous sa tête un châle roulé en boule, et le chat a posé une patte sur son bras nu. Il ne bouge pas plus qu'un chat de faïence. Sauf un poil de moustache, de temps en temps.

– Tu sais ce qu'il essaie de nous faire comprendre, là ? dit Acia en riant tout bas. « Elle est à moi. » Il vient de l'ajouter à la longue liste de ses possessions.

Intriguée, je répète :

– Ses possessions ?

– La maison, le jardin. Le parking, mais seulement jusqu'à la pompe désaffectée. Une partie du petit bois. Nebbe, toi, moi. Les meubles sans aucune exception. Ma voiture. Les chats sont comme ça. Le monde leur appartient – enfin, ce qu'ils choisissent. Ils te regardent et tu deviens leur esclave dévouée. Tout en douceur.

– Si seulement…

Je ne termine pas ma phrase. Il y aurait trop à égrener derrière ce « si seulement », trop de perles sur le collier de la folie humaine. Trop de morts. Trop de maisons où l'amour se croyait à l'abri.

Si seulement, si seulement nous étions capables d'apprendre des chats certaines de leurs stratégies de conquête – et surtout de paix.

– Je peux te montrer quelque chose ? demande Acia.

Sa voix a changé, plus douce, presque timide. Elle n'attend pas ma réponse, se lève et se dirige vers une niche creusée dans le mur de la cuisine, à côté de l'ancienne cheminée, occupée par une cuisinière massive. Son dos se courbe, elle saisit un objet à deux mains et le rapporte, les yeux baissés. C'est un épais cahier aux pages gondolées, un peu jaunies sur les bords. Sur la page de garde est inscrite une liste de noms et de lieux. J'en déchiffre quelques-uns : Debora, Lucia, Trofimena, Pasqualino, Orsina, Fabio, Silvia.

Le doigt d'Acia s'arrête sur la dernière ligne.

– Palazzo. Là où nous sommes.

Palazzo. Le village serré autour de la route droite et passante, juste de l'autre côté du parking. Pendant qu'Acia préparait le dîner, j'en ai fait le tour avec Hana, sans dépasser la pompe à essence désaffectée. Elle n'a pas lâché ma main, mais, au retour, elle s'est amusée à sauter par-dessus les longues fissures du béton. Sa jupe rouge flottait autour d'elle. De loin, elle devait ressembler à une enfant heureuse. Les lumières éparses des lampadaires clignotaient dans la brume qui s'était levée vers six heures ; un car s'est arrêté sous l'un d'eux, j'ai vu des silhouettes courbées, clopinantes, en descendre. Des vieux. D'où venaient-ils pour rentrer si tard ? Certains portaient des cabas gonflés ; ils étaient peut-être allés faire leurs courses de la semaine dans la ville voisine.

– C'est à cause de ça, de cet espace vide, que je me suis retrouvée ici.

La voix d'Acia me ramène à l'instant présent. Son ongle souligne un blanc, tout en bas du feuillet.

– La gamine de la *drogheria* est persuadée que c'est le nom de Nebbe qui doit être inscrit là. Que le cahier doit lui revenir. Enfin, peut-être pas, je ne le lui ai pas montré. J'ai juste demandé si elle connaissait une bonne cuisinière, et elle m'a envoyée ici. J'ai déjà testé une recette de risotto. Pas mal. Je voudrais toutes les essayer, pour la future carte de l'*osteria*. J'aurais aimé les connaître – ces femmes. Il y a deux hommes, aussi. En savoir un peu plus sur leurs vies.

– Et les vieux ? Ils viennent d'où ?

Acia paraît désarçonnée par ma question. Une mèche de cheveux vient chatouiller le bout de son nez, qu'elle fronce en soufflant.

– De qui tu parles ?

– De ceux que j'ai vus descendre du car tout à l'heure.

Prise de court, elle répond :

– Je ne sais pas.

Un rire sec me fait sursauter. C'est Nebbe. Elle a jeté sur ses épaules une sorte de pèlerine tricotée, nouée au cou par un ruban. Sur la blancheur de la laine, son visage est celui d'une momie réveillée d'un sommeil de plus de trois mille ans. Pour la première fois depuis que nous avons franchi la porte de l'*osteria*, elle ne m'effraie pas. Les coins de ses lèvres frémissent, et son regard sur Acia, exprime à la fois l'exaspération et la tendresse.

– Tu ne sais rien, toi. C'est normal. Mais tu pourrais poser des questions. *Elle*, elle le fait, non ?

Sa tête pivote brusquement vers moi.

– Les vieux. Tout le monde s'en moque. Pas toi ? Pourquoi ?

Ma main descend vers les cheveux d'Hana, si doux. Quand j'étais enfant, je coiffais ma grand-mère ; c'était l'une de mes tâches, et la plus agréable. Elle avait de très longues tresses qui tombaient presque jusqu'au creux de ses genoux. Chaque jour, il fallait les défaire, les brosser, les enduire d'huile de nigelle, les natter à nouveau et les nouer en un volumineux chignon qui pesait sur sa nuque. Pendant ce temps, elle parlait, mêlant contes traditionnels et souvenirs d'enfance, la proclamation de l'indépendance de la Syrie en 1941, le départ des troupes françaises cinq ans plus tard, les efforts d'Adile al-Jazairi pour obtenir des droits pour les femmes, les années passées dans son école où, pour la première fois, on préparait les étudiantes à participer activement aux affaires publiques. Dans mon esprit, l'image de ces jeunes filles fortes, éduquées, déterminées, se superposait à celles de l'homme qui jetait chaque semaine un panier de pain dans la mer, de la fille de l'ogre et de l'aigle portant un collier de perles à celui qui avait soigné son aile blessée. Quand j'avais piqué la dernière épingle à cheveux dans le chignon de ma grand-mère, elle prononçait toujours la même phrase : « Les mûres sont sur le mûrier, et l'histoire est terminée. » Je protestais, non, l'histoire n'était pas finie, et je savais que le lendemain, elle en commencerait une autre dont peut-être je ne connaîtrais jamais la fin. Elle agitait alors la main sans me regarder et disait : « Le jour de ta mort seulement, ma fille, tu connaîtras le dénouement. Jusque-là, suis le chemin, il ne mène peut-être nulle part, mais comment le savoir ? Aie confiance, c'est tout. Il était une fois et peut-être il n'était pas. Suis le chemin. »

– Les vieux ont suivi le chemin plus longtemps que nous. Ils nous éclairent. Ils sont précieux.

C'est à ma grand-mère que je réponds, même si elle est absente de cette pièce fraîche et sombre. Absente au monde depuis si longtemps, mais je sens encore le parfum de ses cheveux, la douceur de sa peau flétrie par l'âge et de sa robe usée dont le col bâillait un peu – la maladie lui avait pris ses belles rondeurs, jour après jour, nuit après nuit, et moi, à dix ans, je n'avais pas vu approcher sa mort. Je la croyais aussi éternelle qu'un rocher.

Même les rochers ne sont pas éternels, je l'ai appris depuis, ils explosent en projetant des nuages d'éclats mortels, ils peuvent être réduits en poudre, en gravier, emportés par le vent, dispersés. Les pierres taillées et assemblées par la main de l'homme, si belles, se sont effondrées, elles aussi, alors qu'elles avaient résisté au passage des siècles, aux pillards, aux éléments. Mari, Palmyre, Mar Elian, Apamée… Et nos simples demeures, nos écoles, nos jardins, nos cours, tout ce qui bruissait de vie…

Tout cela, disparu. Effacé. Avec l'écho de nos voix.

Je sens le contact léger d'une main sur la mienne. Celle de Nebbe. Ses doigts sont déformés par les rhumatismes, sa peau plissée et tachée.

– Tu as raison, fille, dit-elle. Moi aussi, je les vois passer, les vieux, par la fenêtre de ma chambre. Ils vont au village voisin renouveler leurs médicaments et jouer aux cartes, une fois par semaine, parce que le maire d'ici a fermé la salle où ils se réunissaient. Une question de normes de sécurité – un prétexte, si tu veux mon avis. Les vieux ne lui rapportaient rien. Tu verras que, d'ici un an, il aura tout rasé pour construire un hôtel. C'est comme ça, maintenant. Le profit avant tout. Bande de vautours !

Sa bouche se crispe sur une expression de férocité qui m'arrache un sourire. Toute menue qu'elle soit, et clouée dans ce fauteuil, je n'aimerais pas être son ennemie.

Je risque un coup d'œil vers Acia, dont le visage s'est éclairé. C'est si soudain – l'éclosion d'une flamme dans un souterrain. Elle se penche vers Nebbe.

– Et si on leur proposait de venir ici ? Il y a plus de place qu'il n'en faut. Et assez de tables et de sièges. On pourrait même…

Elle referme le cahier de recettes, en caresse la couverture.

– … les inviter à dîner ? complète Nebbe d'une voix acide. Tu as les moyens, dis-moi.

– Pour fêter la réouverture de l'*osteria*, plaide Acia. Ce serait une bonne publicité.

– Si tu t'imagines que toute la région va se précipiter ici parce que tu auras servi la soupe à une poignée de vieillards…

– Oui ! crie Acia. Oui, reprend-elle plus doucement. J'imagine. C'est tout ce qu'il nous reste, Nebbe. L'imagination. Et *ça*. Ces recettes. Les miennes. Les vôtres. Celles de Kamar. Vous vous rappelez l'autre soir ? On était bien. Si les gens sont bien ici…

Elle n'achève pas sa phrase, son regard se perd dans la volute de l'escalier, tout au fond de la salle. Une larme tremble au bord de ses cils. J'ai envie de l'essuyer, délicatement, mais je retiens mon geste.

Ce chagrin-là a le goût de la vie.

18

Acia

Tard dans la nuit, je suis restée assise dans le cercle de lumière crue, tournant une à une les pages du cahier. Elles craquaient doucement, libérant des noms, des listes d'ingrédients, des « tours de main » ajoutés après coup, parfois rédigés avec une encre différente, comme s'il s'était écoulé un long temps entre la rédaction de la recette et ses améliorations – le temps de savourer, de comparer, de réfléchir, de parler aux voisines ou à la *nonna*, d'envier le parfum évadé d'une cuisine, de découvrir une épice nouvelle. Le temps d'un morceau de vie avec ses hauts et ses bas, les maladies, les fêtes, les plaisirs et les deuils.

Au bas de la recette des *calzone* à l'oignon rouge, Giuseppina de Martina Franca, dans la province de Tarente, avait ajouté : *ne pas oublier de couper quelques tranches de* salsiccia *en accompagnement – ma belle-mère ne serait évidemment pas d'accord, elle la préfère avec le fenouil !* Cette petite note de révolte me plaisait. Je n'avais jamais goûté la *salsiccia*, mais je savais que cette saucisse sèche, au goût intense, était une spécialité des Pouilles. Je doutais de réussir à m'en procurer à Palazzo – dommage pour les *calzone*. D'un autre côté, l'oignon rouge n'était peut-être pas la meilleure garniture à proposer à des convives d'un âge avancé, en raison des désordres digestifs qu'il pouvait entraîner.

Je cherchais à me représenter Giuseppina : son écriture était petite, nette, chaque lettre bien dessinée. Elle avait laissé trois recettes : les *calzone*, la *braciola* à la sauce tomate, et les *sannachiudere*, de délicieux petits gâteaux traditionnellement cuits à Noël, et seulement à cette période de l'année, dans la province de Tarente. On pouvait peut-être, pour une fois, faire une entorse à la tradition.

Assise, jambes croisées, tout en haut de la page, une minuscule cuisinière m'approuvait d'un sourire. Grâce au sommeil qui me gagnait, je la voyais enfin, Giuseppina : ronde, vive, décidée, impeccable, de son chignon à son tablier bien repassé. Elle avait dû mener sa maisonnée d'une main ferme. D'après les photos découpées dans un magazine qui illustraient certains plats, le cahier était arrivé jusqu'à elle dans les années soixante-dix. Les recettes suivantes n'avaient pas été écrites à la main, mais tapées à la machine sur des feuilles d'un papier presque transparent à force de minceur. Par endroits, la frappe l'avait traversé, l'encre avait coulé, formant de minuscules nuages bleu sombre. Ce cahier, pour moi, recelait un mystère. Beaucoup de femmes, et deux hommes, l'avaient possédé, aucun ne l'avait gardé. Pourquoi ? Quand une cuisinière décide-t-elle qu'il est temps de se séparer du savoir accumulé, de le transmettre ? Le temps d'apprendre par cœur chaque température de cuisson, chaque poids de viande ou de sucre, de connaître dans le détail chaque mariage de saveurs ?

Ou le temps de les oublier ?

Combien de temps le conserverais-je ? Et en avais-je seulement le droit ?

J'ai refermé le cahier. Mes yeux piquaient, le petit fantôme s'était éclipsé, j'étais seule dans la salle, j'avais un peu froid. Je m'étais approchée d'une explication, je le sentais, mais je ne trouvais pas les mots pour la rendre intelligible.

« Au lit, Acia ».

Sannachiudere. J'avais mon dessert, c'était déjà une bonne chose.

– Nebbe, pendant toutes ces années à tenir l'*osteria*, vous avez bien noté vos recettes quelque part ?

La vieille a lampé un fond de café, puis reniflé avec dédain.

– Tu parles. J'avais deux ou trois plats à la carte, mais les gens voulaient surtout des pizzas et des hamburgers. Ça, je n'ai jamais pu. Mais des casse-croûte, oui. Je faisais mon pain, j'y fourrais du jambon et des tomates confites à la poêle avec un peu d'ail, ils en redemandaient. Ou bien du poulet, du parmesan, de la roquette. Des pousses de cresson. Des olives, des anchois. Ce que j'avais sous la main.

Égayée par ma déception, elle s'est frappé le front.

– Le reste est là, ma fille. Depuis trois générations au moins.

Kamar, qui glissait des petits morceaux de *foccacia* – j'avais quand même eu le temps de cuire une fournée, un peu brûlée il était vrai – dans la bouche d'Hana, a levé les yeux. Ses traits étaient tirés ; elle paraissait épuisée, plus que la veille. J'aurais pu parier qu'elle n'avait pas fermé l'œil de la nuit.

– Ma grand-mère et ma tante m'ont appris à cuisiner, a-t-elle dit. Elles non plus n'écrivaient rien : elles me répétaient les recettes comme si c'étaient des comptines. Je les connais par cœur. Je crois qu'elles m'ont sauvé la vie, a-t-elle ajouté, si bas que Nebbe n'a pas dû l'entendre.

Le Chat, qui avait élu un domicile temporaire entre ses jambes – il n'avait pas passé la nuit dans ma chambre, et j'étais prête à jurer que la chasse nocturne n'y était pour rien –, s'est étiré et a bondi sur la table. Il s'est installé à côté de l'assiette posée devant Kamar, l'air tout à fait réveillé, la queue bien enroulée autour de son corps replet. Le régime à base de petits pois, de croûtes de parmesan et de restes de risotto ou de polenta lui convenait, apparemment.

– Je crois qu'il a envie de t'entendre en réciter une, a suggéré Nebbe, les yeux brillants de malice.

– N'importe quoi, ai-je grogné. C'est vous qui êtes curieuse comme une vieille chatte.

– Tu ne l'es pas, toi, peut-être ?

Je n'avais rien à répondre.

Kamar a essuyé le coin de la bouche d'Hana avec sa serviette et a plié celle-ci avec soin, comme si elle voulait se donner le temps de réfléchir, ou plutôt de se ressaisir d'un fragment de sa vie. J'avais bâti et perdu bien des vies au cours des années, mais jamais si complètement, ni au cœur d'une violence et d'une détresse si grandes : je ne pouvais même pas imaginer à quel point, pour elle, ouvrir une porte sur le passé pouvait faire mal. J'ai voulu l'empêcher de parler, lui assurer qu'elle n'avait pas à le faire, et surtout pas pour notre seul plaisir. Mais elle avait déjà enroulé une mèche des cheveux de sa fille autour de son poignet et fredonnait, plus qu'elle ne récitait, une suite de sons mélodieux et flottants, coupés de brèves frictions et de souffles âpres. La voix du vent, ai-je songé en l'écoutant. Il dévale les plaines, agite les roseaux, froisse les feuilles des oliviers, délivrant un frisson argenté. Il serpente autour des bâtiments, se faufile dans les cours, jaillit par les cheminées. Il chante le voyage, le péril, l'ivresse de la découverte et la joie paisible du retour à la maison.

Nebbe dodelinait de la tête, les mains croisées sur le ventre, et pas un poil de la moustache du Chat ne bougeait.

Le dernier mot posé – bien trop tôt – comme un accent sur une lettre calligraphiée, nous sommes restées silencieuses jusqu'à ce que le Chat passe une patte sur son museau, signifiant ainsi à chacune d'entre nous que la vie ordinaire devait reprendre son cours.

– Qu'est-ce que c'était ? a interrogé Nebbe d'une voix un peu enrouée.

– *Mutabel shawandar*. La recette de la salade de betterave, tout simplement. On l'arrose de citron et de mélasse de grenade avant de la servir avec du pain plat, a répondu Kamar. Ma tante en préparait tous les ans pour mon anniversaire. Vous appelez ça un *dip*, non, en Europe ? J'ai toujours adoré ce goût sucré-acide.

Un mélange de saveurs imaginaires a envahi ma bouche ; je me suis mise à saliver. Pas de doute, les papilles aussi ont de l'imagination.

J'ai repris le bloc-notes sur lequel j'avais commencé à noter tout ce qu'il restait à faire pour le repas des anciens : disposition des tables, éclairage, décoration, choix des nappes et des serviettes, courses. Cette lubie allait engloutir mes derniers euros et une bonne partie de la réserve de Nebbe. C'était de la folie. Une folie joyeuse. Je fonçais peut-être droit dans le mur, mais cela faisait longtemps que je ne m'étais pas sentie aussi bien.

– On aura peut-être du mal à trouver de la mélasse de grenade, ai-je remarqué en tapotant de la pointe de mon stylo la dernière ligne de ma liste.

– Tu peux la faire toi-même en faisant réduire le jus de trois ou quatre grenades à feu doux, m'a expliqué Kamar, jusqu'à ce qu'il soit très sombre et assez épais.

– Il y a du jus de grenade dans la réserve, a ronchonné Nebbe. Puisque tu as décidé de piller mes étagères, fille, vas-y franchement. Il est un peu tôt dans la saison pour les premières betteraves, Nino vient de les semer, il ne les récoltera qu'en juillet. Les bocaux sont dans le premier placard à gauche de la porte, au fond ; et crois-moi, l'année dernière, elles étaient bonnes.

« Je sais », ai-je failli répondre avant de me mordre la langue. La réserve de Nebbe était ma caverne d'Ali-Baba : j'y avais passé plusieurs nuits sans sommeil, à dialoguer avec les herbes séchées, les salaisons, les fruits noyés dans le sirop translucide, les blancs de poireaux en conserve rangés en bottes, les pots d'épices surtout, des récipients d'un poids inhabituel transférés un à un sur la table avant de m'installer en leur compagnie. Le couvercle soulevé, ce qui montait vers mes narines dilatées était bien plus qu'un simple parfum. Ce qui se rapprochait le plus, peut-être, des génies enfermés dans des vases ou des lampes, contre lesquels les contes nous mettent en garde. Une fois libérés, ils se révèlent incontrôlables. Et alors ? J'en avais marre, d'essayer de contrôler ma vie sans y parvenir. Quelque chose avait mal tourné quelque part – je savais exactement où et quand. Depuis, je ne faisais que rouler d'un bord à l'autre, comme, sur un cargo, un chargement hors de ses amarres rompues. Autant se laisser aller à l'instant. Nuit après nuit, j'avais fait l'amour avec ces génies à la peau dorée, j'avais prononcé tout bas leurs noms, je m'étais imprégnée de leur odeur, j'avais appris. Je savais qu'une pincée de coriandre jetée dans le feu était réputée repousser les démons, qu'il fallait avoir la patience d'attendre la note rosée du gingembre, qu'on plantait autrefois des genévriers à proximité des habitations pour éloigner les maladies, les serpents et les sorcières, que le vol d'une noix de muscade, sur les îles Moluques, était passible de la mort, que la cannelle était utilisée en Chine depuis plus de sept mille ans, que l'anis étoilé soulageait les maux féminins. Quand je remontais me coucher, les plis de ma peau gardaient leur présence affolante. Je respirais le creux de mon coude et glissais dans un sommeil presque heureux. Presque pacifié.

J'ai regardé Kamar. Sa douleur était immense, bien trop grande pour n'importe laquelle d'entre nous.

Que pouvais-je faire ? La prendre par la main et lui faire respirer les pots d'épices ?

Si j'avais osé. Si seulement. Mais j'étais encore tout empêtrée de peur, de culpabilité, de chagrins rancis.

Pour balayer tout ça, il fallait un festin – rien de moins.

19

Kamar

– *Mutabel shawandar*, répète Nebbe en articulant soigneusement.

Sa voix un peu âpre me plaît. Elle me fait penser aux merises, à leur goût astringent, secrètement sucré. J'aime aussi sa simplicité bourrue ; chaque jour peut amener la fin d'un monde ou sa renaissance, autant le prendre comme il vient : c'est ce que proclame son attitude. Recroquevillée dans son fauteuil roulant, avec son bras bandé, elle pourrait éveiller la pitié, mais ce n'est pas le cas. Elle est l'âme de cette bâtisse longtemps laissée à l'abandon. C'est là qu'elle a choisi d'attendre, mais quoi ? Elle circule, bouscule Acia, récrimine, sourit à Hana, et nous contourne, le Chat et moi, avec circonspection. Je ne veux pas me demander pourquoi. L'histoire des peuples errants est pleine de ces questions. Elles ressemblent à la boîte du mythe de Pandore : si on l'ouvre, on risque de se retrouver submergé par la vérité. Et la vérité n'est jamais tendre.

– *Mutabel sha... wandar...*

Acia bute sur ce mot étranger et m'adresse une petite moue navrée, comme si elle venait de commettre une faute. Je voudrais lui dire qu'elle n'a pas à s'excuser en permanence ; que grâce à elle, à Nino, à Nebbe, Hana a bien dormi cette nuit. Ce n'est pas cette journée, que je prends comme elle vient, mais cette heure, cette table, ces morceaux de *focaccia* un peu brûlés sur les bords, la vapeur qui sort du bec de la cafetière, les paroles échangées et la perspective de cuisiner – enfin – pour ces voyageurs du crépuscule que j'ai vus défiler cahin-caha au ras du bitume. Ici, la chaussée est lisse, sans cratères laissés par les bombes. C'est la première chose que j'ai remarquée en arrivant à Palazzo dans la camionnette de Nino, la dernière d'une longue série de véhicules qui nous avaient conduites le long de la botte italienne. Jusque-là, je n'y avais pas prêté attention, j'étais encore enfermée dans les sons et les odeurs du camp. Je ne savais pas, ou plus, qu'une route pouvait être douce, ni à quel point elle me délivrerait, pendant quelques heures, du fardeau de mon corps. J'ai marché courbée si longtemps, lourde du poids de mon enfant et de celui de ma peur. Pour ne pas être vue, pour échapper aux balles et aux coups, pour me confondre avec la terre. Là, le ronron du moteur me berçait, nous glissions sans effort entre les collines fauves ponctuées d'arbres semblables à des flammes immobiles. Les nuages, très longs, dérivaient doucement. J'aurais pu croire que je volais. Et, enfin, l'horizon s'ouvrait devant moi.

L'horizon. Qui ne l'a pas perdu ne peut savoir quel trésor renferme ce mot. Depuis des années, mon pays rétrécit autour de moi : en premier, ont disparu les montagnes, les fleuves et les lacs, les maisons de pisé des villages de la vallée de Khanasser, les champs d'arachide verte et les vergers de mûriers, puis les rues et les quartiers de la ville les plus éloignés, les abords de la cour, la cour elle-même. Quand le toit de la cuisine s'est effondré, nous nous sommes réfugiés dans une seule pièce, où ma tante a traîné un fourneau qui prenait la poussière dans une réserve. Nous y avons entassé tout ce que nous espérions sauver. Entre les cartons et les tapis roulés, les piles de livres, les cuvettes, les balais, les valises bourrées de vêtements, il n'y avait presque plus d'espace, chaque pas était calculé.

Des femmes immobiles. Comme maintenant. Mais aujourd'hui, je peux me lever et sortir de la pièce, je peux courir avec mon enfant dans les herbes hautes. Je sais que je le peux. Même si je n'ose pas encore m'éloigner, respirer à fond, crier. J'ai encore peur de briser quelque chose. Qui n'est pas un objet, pas forcément.

Peut-être une forme fragile de sérénité.

– Entrée, dessert, récapitule Acia. Et le plat ? Nebbe ? Vous avez une idée ? Là ?

Elle tend le bras et, de l'index, touche le front de la vieille femme.

– Plus que tu n'en auras dans toute ta vie, gamine, rétorque celle-ci.

Elle fait reculer son fauteuil jusqu'à la fenêtre. Le soleil frappe son visage à l'oblique, lui prêtant l'apparence d'un masque d'ébène poudré d'argent. Ses mains, à présent, sont jointes sur ses genoux.

– Je vais vous raconter une histoire, dit-elle. Hana, tu viens près de moi ?

Ma fille lève la tête et m'interroge du regard. Est-ce que je suis d'accord ? Est-ce qu'il y a du danger à se séparer de moi, même pour quelques minutes ? D'un sourire, je la rassure. Elle glisse de mes genoux et va s'installer, jambes croisées, sur le tabouret qu'Acia vient de pousser contre le fauteuil roulant. La lumière aussitôt embrase sa chevelure, la couronnant de filaments roussis – une auréole de caramel dont je peux presque sentir le parfum et le goût. J'aimerais figer cette image à jamais, la conserver précieusement en moi, avec le souvenir de chaque regard posé sur elle depuis sa naissance. Et je sais que j'en ai le pouvoir. Pour elle, ma mémoire est plus vaste que les eaux déjà traversées. Pour elle, je referais ce voyage. Encore et encore.

– Je suis née à Pitigliano, commence Nebbe, un village de Toscane qu'on appelait à l'époque « la petite Jérusalem ». Il y a très longtemps, au Moyen Âge, beaucoup de juifs y avaient trouvé refuge. Pourquoi ? C'est ce que tu me demandes, Hana ? Oui. Je t'entends, ma petite, même quand tu ne parles pas. Et je t'entendrai toujours, sois-en sûre.

Une de ses mains se lève et repose un instant sur la tête de ma fille, qui tressaille, mais ne quitte pas son tabouret.

– Ils étaient chassés de partout, et ils parcouraient le monde, à la recherche d'un pays dans lequel ils pourraient vivre et élever leurs familles. Ce n'était pas facile, mais tu le sais, bien sûr. Certains se sont installés en Toscane : il paraît qu'à une époque, près de la moitié des habitants de Pitigliano étaient juifs. Ce n'est plus le cas aujourd'hui. Après la fin de la guerre, les survivants se sont dispersés. Pourquoi ? Ah, cette histoire-là est triste, fillette, et je ne la raconterai pas aujourd'hui.

La guerre. Hana est née avec elle. Dans les contes européens que je lui lisais, les fées se pressent autour du berceau des princesses pour y déposer des vœux de beauté, de longévité, d'intelligence, de bonté. Dans le sien est tombé un mot de plomb, de feu et d'acier. Assâad et moi, nous ne le prononcions jamais devant notre enfant, comme pour éloigner d'elle une malédiction.

Mais celle-ci nous a rattrapés : les sorts mauvais ne meurent pas avec ceux qui les ont jetés. Et ils sont encore en vie, les monstres. Bien à l'abri, vivant dans le luxe, ils décident que notre vie n'a aucune importance, que nos rêves ne sont que du vent, notre chair un fardeau inutile dans leur folle quête de pouvoir et de richesse.

– Ce que je raconte, Hana, se passe dans une cuisine.

Un soupir de soulagement m'échappe. Si « guerre » est une arche d'acier, « cuisine » chante comme un oiseau perché sur le rebord d'une fenêtre ouverte. C'est un mot rouge, joyeux et chaud ; on peut s'y lover et laisser la tempête se déchaîner au-dehors.

– Mes parents n'étaient pas juifs, mais leurs voisins, si. C'est dans leur cuisine que j'ai appris tout ce que je sais. Et pas seulement des recettes… Ils s'aimaient, ces deux-là, même s'ils se disputaient souvent. Quand on franchissait leur porte, cet amour vous enveloppait. Je ne connaissais pas ça, tu comprends : mon père et ma mère ne se parlaient pas. Enfin, si, du temps qu'il faisait, de ce qui manquait à la maison, d'un tuyau percé, de l'argent toujours plus rare. À moi non plus ils ne parlaient pas. Dans la cuisine d'Esther, j'ai compris que les mots aussi pouvaient être doux, sucrés, acides, piquants, brûlants. Et qu'un plat ou un gâteau était souvent une déclaration d'amour.

Ses yeux brillent. Je devine qu'elle n'est plus tout à fait avec nous. À toute allure, elle remonte les années, jusqu'à cette pièce chaleureuse où les mains d'une femme tendaient avec patience la trame des jours enfuis. Je la regarde avec envie. J'aimerais. Me retourner, moi aussi. Vers l'enfance, la vie, les couleurs, les voix et les corps disparus, la sécurité.

Hana ne me regarde plus. Elle fixe la larme qui glisse le long de la joue ridée, s'accroche à la mâchoire, reste là – une perle de pluie.

– Maintenant, tu connais mon secret, Hana, murmure Nebbe. J'ai tout perdu, mais je possède un trésor. Je viens d'un village qui ressemblait à un navire et que les vagues ont déserté. Je suis née à l'ombre d'un temple dont il ne reste plus que des ruines. De tous mes amis d'école, un seul est revenu, après la guerre. Peut-être habite-t-il encore là-bas. Peut-être espère-t-il encore le retour de son peuple. Mais l'amour, petite fille, ne disparaît jamais tout à fait. Comme l'eau, il s'enfouit dans le sol pour se fortifier, il attend son heure. Il est temps, vois-tu, que je me remette aux fourneaux et que je sorte de ma caboche l'héritage d'Esther. Là où il est, il ne peut servir à personne !

Ses lèvres se plissent, elle marmonne :

– *Quadrucci in brodo*… non. *Gnocchi di patate*… non. Ils aiment la viande, nos vieux, mais pas trop dure ! Ça tombe bien, Esther utilisait surtout de la viande hachée. Elle devait préparer certains plats à l'avance, à cause du Shabbath et d'autres fêtes. Il n'y avait plus qu'à les réchauffer. *Polpettone al limone*… oui, c'est bien. Avec des champignons à l'huile – il en reste de ma dernière récolte. Ou alors…

– Pas de poisson ? demande Acia.

– Tu veux les étouffer avec les arêtes ?

– On les enlèvera…

– Attends voir. Les perches en gelée, ce n'est pas la peine d'y penser. La sole est trop chère. Des anchois frais ? Acia, tu pourrais trouver ça ? Le poissonnier ne passe que deux fois par mois.

– Je… je demanderai à Nino.

Elle gratte une tache imaginaire sur son jean – est-elle vraiment mal à l'aise ? Nino est encore un bel homme. Et pour soigner ses légumes, il a lui aussi les gestes de l'amour. Je réprime un sourire. C'est beau, ce trouble sur le visage d'une femme.

– *Alicciotti coll'indivia*. Une terrine d'anchois aux endives. On peut la servir froide. Bon, j'ai d'autres idées, aussi.

– Et les recettes ? s'obstine Acia.

– Je te l'ai dit : elles sont dans ma tête. Allez, au travail.

Et la voilà roulant vers la resserre, la tête haute. Il n'y a plus qu'à se précipiter pour lui ouvrir la porte.

– Je ne l'ai jamais entendue parler si longtemps, s'étonne Acia.

Je la regarde courir vers la resserre. Hana a quitté son tabouret et semble hésiter à les suivre. Je souffle :

– Vas-y. Tu as entendu Nebbe ? Elle a un trésor dans la tête. Il ne faut pas rater ça.

Maintenant, tu connais mon secret...

Je lève la tête vers les poutres du plafond. Hier, j'ai ouvert l'armoire, là-haut. Et je sais – je n'ai pas besoin que Nebbe me le dise – qu'elle renferme d'autres secrets.

20

Acia

Je ne savais plus où je l'avais rangée. Peut-être sous le lit, ou derrière la commode bancale dans laquelle j'avais déversé pêle-mêle le contenu de mon sac. Le tabouret en rotin avait trouvé sa place dans la salle de bain du premier étage – rien de plus pratique, passé trente-cinq ans, quand on veut se couper les ongles des pieds sans tomber ni s'assommer sur le rebord de la baignoire –, et la plante végétait contre l'un des murs de la bâtisse, exposé à l'est, pour la lumière et les pluies qui viendraient de là, si elles venaient un jour, m'avait appris Nebbe. Comme j'avais surpris le Chat en train de pisser dessus à plusieurs reprises, je n'aurais pas parié sur sa survie.

Mais la cocotte de ma grand-mère ? Je me revoyais me baissant, attrapant les poignées et tirant pour la déloger d'entre les sièges de la Fiat. Et puis… le trou noir. J'avais fouillé les placards de la cuisine et de la réserve, en vain. Vérifié le coffre de la voiture par acquit de conscience. Passé la tête dans le réduit de Nebbe, quadrillé la salle au cas où, inspecté la véranda et même l'ancien local de la station-service, où les araignées avaient tissé des toiles aussi épaisses que des édredons de plumes. Rien. Rien dans ma chambre, rien dans le débarras du couloir, que j'avais récemment vidé de ses assiettes dépareillées et ébréchées, de ses nappes brûlées par le fer à repasser et de ses boîtes de conserve vides (pourquoi garder des boîtes de conserve ?).

J'ai fini par frapper à la porte de la chambre de Kamar. Personne n'a répondu. La mère et la fille devaient être en bas, ou dans le petit bois. Hana aimait les arbres : elle se blotissait contre eux, caressait leur écorce, collait ses lèvres aux plaies laissées par des promeneurs insouciants, parfois luisantes encore de sève. Leur parlait-elle ? Leur confiait-elle, en silence, les mots qu'elle ne pouvait plus prononcer à voix haute ?

Le lit était fait, la pièce propre et rangée. Rien n'indiquait que ses occupantes avaient prévu de rester plus d'une nuit. Dans un coin, le cheval à bascule me fixait de ses yeux peints. En m'approchant, j'ai remarqué qu'une main enfantine l'avait doté de cils immenses et de lèvres humaines, souriantes. Comme sa bouche laissait voir ses dents bien alignées, l'effet était presque effrayant. Cheval buveur de vent, buveur de sang. « Tu n'aurais pas dû entrer, me signifiait-il par ce rictus. Va-t'en ou je te mordrai. »

J'ai frissonné, riant nerveusement de ma propre crédulité, et pivoté vers la masse sombre de la grande armoire. Son fronton sculpté en bas-relief représentait un village perché sur une colline, dominé par une tour crénelée : Pitigliano, ai-je supposé. Une arche métallique la surmontait, ce qui paraissait étonnant, mais beaucoup moins de près que de loin. C'était le couvercle de ma cocotte. Comment s'était-elle retrouvée là, mystère. Je ne me souvenais pas l'avoir montée à l'étage, et Nebbe se cantonnait au rez-de-chaussée. Soit Alzheimer me guettait, soit le Chat se métamorphosait, la nuit, en lutin facétieux – et costaud.

J'ai haussé les épaules et tiré une chaise vers l'armoire. Peu importait, au fond, je voulais juste la récupérer et l'installer dans la cuisine, à sa place. J'avais déjà trouvé le clou où accrocher mon tablier, il me fallait un ustensile bien à moi, familier à mes paumes. Une cocotte est à la cuisinière ce que son instrument est à une violoniste – qu'on me pardonne cette image éculée : une compagne de longue date dont on connaît les défauts et les qualités. Avec elle, je ne risquais pas de me tromper dans les temps de cuisson ni dans le réglage des feux, je savais quand poser son couvercle de biais pour laisser sortir un peu de vapeur et quand le fermer hermétiquement, je la cajolais comme un talisman, je la nettoyais au sel et la frottais avec un torchon doux.

Comment avais-je pu la reléguer là-haut, dans la poussière, puis l'oublier ?

J'avais perdu la tête, probablement. Il y avait quelque chose, chez *Zia Nebbe*, qui vous poussait vers une douce folie. Si c'était une bonne ou une mauvaise chose ? Je n'avais pas encore d'avis là-dessus, et ni le temps ni l'envie d'y réfléchir.

Grimpée sur la chaise, j'ai levé les bras pour recueillir la cocotte. Deux secondes plus tard, nous atterrissions, elle et moi, sur le plancher, pêle-mêle avec le contenu de l'armoire, dont la porte s'était brusquement ouverte. En me relevant tant bien que mal, j'ai constaté qu'un pied du meuble avait cédé. Les créneaux de la tour penchaient désormais vers le lit, les étagères débordaient de piles de linge et de peluches mitées, privées d'yeux. Mon ustensile favori avait roulé entre les jambes du cheval de bois, sans dommage ni pour lui ni pour moi. J'ai épousseté mon jean et estimé l'étendue du chaos qui montait à l'assaut de mes chevilles. J'en avais pour une demi-heure, au moins, à tout ramasser et ranger. Comme si j'avais une demi-heure à perdre ! Le repas des anciens était prévu pour le lendemain, je devais encore faire un saut chez Nino, préparer la salle avec Kamar…

Une corvée de plus. J'avais vu pire. Rien de plus que la routine, finalement.

Des vêtements. Usés, rangés par taille. En les rassemblant, j'ai vu défiler une enfance : des gigoteuses tricotées main aux pantalons pattes d'éléphant taille seize ans et aux jupes « paysannes » à volants, presque deux décennies d'histoire, car le passé collectif se réfugie là aussi, dans la coupe des robes, la hauteur des ourlets, les tissus, la bourre des épaulettes. Laines pastel, nylon orange, blouses à col rond, polos décolorés à force d'avoir été portés, petites jupes nervurées, kilts, survêtements, tuniques brodées… Elles s'avançaient vers moi, insouciantes, sûres de leurs membres souples, les filles, toutes les filles de Nebbe, puisque cette pièce avait été leur chambre, *sa* chambre, chacune repoussant l'autre dans l'oubli, à mesure que s'affirmait sa jeunesse éclatante.

Toutes ces filles en une, ces filles sans visage.

Car l'armoire ne contenait aucune photo. Sur l'étagère la plus haute, Nebbe avait rangé des chutes de tissus, des galons, des sacs de cintres en fil de fer. Kamar en avait déjà sorti une partie pour confectionner des lampes. Dans le tiroir du bas, j'ai trouvé un petit miroir rond, fendu, un briquet, deux cigarettes à moitié fumées dont le filtre était taché de rouge à lèvres. Rien d'autre.

Si. Quand j'ai voulu repousser le tiroir, quelque chose m'en a empêchée. Un objet avait glissé là, probablement lors de ma chute, quand le meuble s'était affaissé. Je me suis accroupie et j'ai enfoncé une main dans l'espace étroit. Du papier. Un paquet, pas très épais, entouré d'un élastique. Des lettres ? Un frisson d'excitation m'a parcourue. Il n'y avait pas de quoi être fière, la curiosité, on me l'avait assez répété, menant infailliblement aux ennuis de toutes sortes. Les filles curieuses ne fréquentaient pas les bonnes personnes ; elles s'amourachaient d'un voyou, tombaient enceintes, perdaient leur emploi et finissaient leur vie dans un mobile home déglingué, véritables parasites de la société, survivant grâce aux allocations et aux menus délits de leur progéniture. C'est ce que me répétait sans cesse ma grand-mère, avant de conclure :

– Fais ce qu'on te dit et ne pose pas de question. Pas comme la garce de… Bref, chacun à ses affaires, et les vaches seront bien gardées.

Je ne voyais pas, à l'époque, ce que les vaches avaient à voir avec la curiosité. Et si la vache du voisin s'égarait au bord d'un précipice ? Suivre ses traces, la ramener avant qu'elle ne dérape sur un rocher et ne tombe, est-ce que c'était mal ? Oui, répondait ma grand-mère, si tu laisses ton propre troupeau sans surveillance. Le voisin n'avait qu'à faire attention. Je fronçais les sourcils mais restais muette, assimilant malgré moi ce mantra d'individualisme libéral mêlé à un reste de tradition catholique plus ou moins comprise. D'autant que ma grand-mère adorait les potins. À ma place, elle n'aurait pas résisté.

L'élastique, trop serré, avait déchiré le papier jaune, révélant non des enveloppes ou des feuilles pliées, mais une pile de cartes postales. Non sans remords, j'ai passé un doigt dans l'ouverture pour l'agrandir.

Et quelque chose, en moi, autour de moi, s'est figé. Peut-être le temps. Les cartes se sont éparpillées sur mes genoux. J'en ai touché une, deux, dix, comme pour m'assurer qu'elles étaient bien là, réelles, que mes sens ne me trompaient pas.

Toutes semblables et vierges, toutes représentant le portail de la basilique Notre-Dame-du-Rosaire de Lourdes et la Madone renfrognée tenant le lis doré et le rosaire, l'Enfant Jésus debout sur ses genoux.

21

Kamar

La salle est prête. Nous avons passé deux jours, Acia et moi, à recouvrir le sol de plusieurs couches de peinture pour béton d'une jolie couleur ocre. Un cadeau de la petite Rosa, miraculeusement dénichée dans son arrière-boutique, où les couvercles des pots rouillaient depuis pas mal de temps déjà, bien avant que son père reprenne la *drogheria*, nous a-t-elle assurées. Je n'ai, pour ma part, remarqué aucune trace de rouille sur ces couvercles, mais je n'en ai rien dit, et Acia non plus – elle est très silencieuse, en ce moment.

Le long des murs chaulés et sur les poutres métalliques, nous avons accroché les lampions fabriqués à partir des chutes de tissu trouvées dans l'armoire de Nebbe. Ils répandent une lumière douce, juste ce qu'il faut pour apprécier la disposition des tables, pas trop loin les unes des autres pour que les convives puissent discuter sans crier à tue-tête, pas trop près non plus, au cas où des couples souhaiteraient un peu d'intimité – même après cinquante ans de mariage, c'est un plaisir qu'on peut savourer. Je sais que je ne le connaîtrai jamais ; je pourrai seulement, ce soir, guetter sur certains visages le reflet voilé et si précieux des amours durables.

Les chaises ont, elles aussi, été repeintes en jaune vif, et nous avons rapporté hier, dans la Fiat, des cartons pleins d'assiettes à figurines cédées pour quelques euros par un potier d'Assise, un cousin de Nino (encore un) : le rebut de la saison touristique, les Américains n'aiment plus les saint François prêchant aux oiseaux, a-t-il expliqué, il lui tardait de débarrasser son atelier et de créer d'autres modèles.

Les assiettes trônent sur les nappes coupées dans les dernières pièces de tissu ; certaines ressemblent à des patchworks, d'autres à des tableaux abstraits superposant plusieurs motifs. Les verres et les couverts étincellent. Tout à l'heure, pas trop tôt dans l'après-midi, Hana ira cueillir des fleurs à la lisière du bois et confectionnera des bouquets. C'est sa part du travail et elle en est très fière, même si elle ne le dit pas.

Elle n'a toujours pas prononcé le moindre mot.

Sur le rebord d'une fenêtre, j'essuie en passant une trace de poussière. Puis j'observe mes doigts blanchis. La poussière, là-bas, à Alep, était épaisse et dense, un champ de neige brûlante où les traces de pas s'effaçaient aussitôt. Si j'avais osé m'aventurer hors de la maison, j'aurais pu errer des heures durant dans les rues sans en reconnaître aucune. Nous avions soif en permanence. La gorge sèche, acide. Je me sentais sale, tout le temps. La peau des bras d'Hana pelait, gerçait aux coudes et aux poignets. Je n'avais plus d'eau pour la laver, plus d'huile pour aider ses plaies à se refermer.

C'est à cause de la poussière qu'Assâad est sorti, ce jour-là. Il a pris deux bidons et il a ouvert la porte de la cour. J'ai tenu le battant derrière lui, il m'a fait signe de rentrer. J'ai reculé, sans cesser de le suivre du regard ; je ne fermais jamais tout à fait la porte, malgré ses avertissements, je laissais une ouverture de quelques centimètres, à peine la largeur d'une main d'enfant, à travers laquelle je pouvais le voir se déplacer par brusques avancées, à droite, à gauche, à cause des snipers.

Un peu plus loin, une veste était pendue à une tige de fer dépassant d'une façade éventrée ; il avait gelé quelques jours plus tôt, la toile claquait, raide, avec un bruit de carton déchiré. On aurait dit un épouvantail funèbre. Je voulais appeler Assâad, lui crier de revenir, mais ma langue collait à mon palais, et puis c'était dangereux. Je me suis mordu la lèvre, fort, je distinguais encore sa silhouette, le bleu éclatant des bidons, et puis plus rien, il a disparu. Je suis restée là, je comptais les secondes, puis les minutes, je savais ce rituel inutile – chaque jour, des points d'eau étaient coupés, inutilisables ou pollués au diesel, Assâad devait aller de plus en plus loin. Nous avions bien un réservoir sur le toit, presque vide, une réserve si les combats s'intensifiaient et qu'il devenait impossible de sortir. Le prix de l'eau minérale avait flambé : un pack de six bouteilles coûtait 2 000 livres – encore fallait-il en trouver. Nous n'avions pas assez d'argent. L'ONU qualifiait cette pénurie organisée de « crime de guerre », mais elle continuait, la guerre, chaque jour plus épuisante, plus meurtrière. Les murs étaient couverts de photos, des morts souriant au cratère laissé par l'obus qui les avait tués. Chaque fois qu'un nouveau portrait était affiché, nous avions peur de reconnaître un voisin, un parent, un ami ; et quand Assâad rentrait, le visage sombre, je savais que tel avait été le cas. Nuit et jour, le bruit des explosions nous tenait en alerte. Les oiseaux avaient fui le ciel, la fumée des incendies envahissait tout. Hana et moi, nous nous allongions dans la cour, sur les racines du pistachier qui avaient soulevé le béton par endroits, et nous nous perdions dans la contemplation des feuilles. Je lui racontais nos voyages. Quand nous étions encore étudiants, son père et moi, nous avions visité Amman et Bagdad ; je lui parlais de la rue aux livres dans la capitale irakienne, Al-Mutannabi, une rue où l'on pouvait trouver presque toutes les histoires du monde, une rue si longue qu'il fallait presque une journée pour la parcourir et arriver sur les rives du fleuve Tigre. C'était son récit préféré : elle me demandait, encore et encore, de lui décrire les étals à ciel ouvert, tréteaux ou simples tapis de toutes les couleurs, chargés de volumes de poésie, de contes, de philosophie, reliés en carton ou en cuir de chèvre, illustrés, parfois ornés de dorures.

– Et les gens ? Comment étaient les gens, *'Umi* ? C'étaient des savants ?

– Non, *kbida*. Il y a des savants, bien sûr, mais aussi des enfants, des femmes, des hommes, des vieux, des jeunes… Ils se retrouvent là tous les vendredis pour acheter et vendre des livres, mais aussi pour en parler, boire du thé, réciter des poèmes…

Je ne lui disais rien, bien sûr, du camion bourré d'explosifs qui avait détruit le marché le 5 mars 2007. Ni des morts. J'aurais peut-être dû. La préparer. L'encourager, aussi. Quelques mois plus tard, Al-Mutannabi avait retrouvé son ancien visage, il avait fallu pour cela de la vaillance, de la fierté, peut-être un grain de belle folie. Nous allions en avoir besoin, toutes les deux.

Ce jour-là, j'ai attendu vainement au portail. Le vent s'engouffrait dans la fente entre le battant de bois et la pierre, plaquait ma jupe contre mes jambes, me jetait au visage son haleine cinglante. Je respirais à petits coups comme si je devais économiser mon souffle pour une longue course, je ne soupçonnais pas alors à quel point la distance à parcourir s'allongerait jour après jour, nuit après nuit, sans limite autre qu'un horizon toujours fuyant. Même ceux qui cheminent dans le désert savent qu'un jour leur épreuve prendra fin ; un toit ou un arbre piquera le ciel, allongera son ombre sur la piste, et le voyage s'achèvera, les membres fourbus se délasseront, la faim et la soif seront apaisées.

La soif que j'ai d'Assâad ne sera jamais étanchée. Je porte cette certitude comme on finit par accepter la douleur d'un dos tordu ou d'un membre amputé ; elle fait partie de moi. Même si, un jour, je bois à d'autres sources, elle demeurera là où elle s'est enracinée, intacte.

Le vent tournait autour de moi, m'arrachant l'espoir lambeau après lambeau. J'étais la terre craquelée de juillet, couverte d'une miroitante pellicule de sel. Mes larmes refusaient de couler, mes yeux brûlaient à force de fixer le pan de mur qui m'avait dérobé Assâad, c'était là qu'il surgirait à nouveau, j'en étais sûre, son image ne cessait de se recomposer et de s'effacer, un tremblement de l'air l'annonçait, mais non, c'était un chien aux flancs creux ou un enfant traînant un sac d'ordures plus gros que lui.

Deux jours plus tard, on a retrouvé les bidons ; mon oncle a pu compter les impacts de balles qui les rendaient inutilisables.

Il y en avait trente-sept.

Le corps de mon mari, lui, n'a jamais été retrouvé.

22

Acia

Ils ont traversé le parking de l'ancienne station-service à pas comptés, par couples, par grappes, leurs têtes rapprochées oscillant de droite à gauche au rythme du tac-tac de leurs cannes sur le sol de béton. La petite Hana virevoltait de l'un à l'autre, aussi légère qu'un papillon ; aux hommes comme aux femmes, elle tendait une fleur, puis s'esquivait.

« Qui est-ce ? » « Comme elle est mignonne… » « Quelle jolie robe rouge… » « Petite, attends ! » La rumeur des voix nous parvenait affaiblie, l'écho d'une musique ancienne, un menuet ou une sarabande jouée sur un tempo très lent pour permettre aux danseurs d'ajuster leurs pas. Ils n'avaient pas dansé depuis si longtemps.

– Elle n'a plus peur, a murmuré Kamar. C'est merveilleux.

Nous attendions nos invités – invités, car il n'était pas question de faire payer ce repas inaugural, j'y tenais, et Nebbe avait fini par se rendre à mes arguments – à la porte de l'*osteria*. Les torches plantées de part et d'autre de l'entrée éclairaient le profil de Kamar de lueurs vives, sautillantes. J'ai cru apercevoir une trace humide sur sa pommette, mais peut-être me suis-je trompée, car elle souriait.

– Tu penses qu'elle parlera à nouveau ? Un jour ?

L'espoir qui vibrait dans sa voix m'a fait mal, et j'ai répondu sèchement, les yeux fixés sur la procession cahotante :

– Je n'en sais rien. Malheureusement, je ne lis ni dans le passé ni dans l'avenir. Ce serait trop pratique.

Elle a baissé la tête.

– Désolée.

Je me serais giflée. Est-ce que j'avais besoin de me venger sur elle de mon égarement – oui, je m'étais égarée en visitant l'armoire de Nebbe, j'avais plongé tête la première dans un univers parallèle où les cartes postales de Lourdes, celles-là mêmes que j'avais reçues à chaque anniversaire jusqu'à mes dix ans, se retrouvaient par paquets, vierges comme la Madone, dans un tiroir à des centaines de kilomètres de la petite ville où j'avais passé mes premières années, je m'y étais perdue, j'en avais rapporté un goût de fiel.

Qu'est-ce que j'avais imaginé, idiote que j'étais ? Être arrivée quelque part, enfin ? Installer ma vie déglinguée dans une cuisine dont je ne serais pas chassée tout de suite ? Pouvoir me rendre indispensable ? Recevoir un peu d'affection en retour ? Oublier ? Laisser les disparues s'engloutir dans le passé, à commencer par moi-même ?

Et puis *ça*. Dur à avaler, quand même. Une coïncidence ? Je n'y croyais pas. Je ne croyais plus à rien, surtout pas aux cadeaux du destin. Il m'avait toujours flouée. Et ça ne risquait pas de changer, plus maintenant ; les bonnes surprises, les larmes de joie, les retrouvailles, rien de tout ça ne faisait partie de mon lot.

Mais Kamar n'en était pas responsable. Une fois de plus, je me prenais en flagrant délit de rancune, toujours prête à broncher et à mordre. Ma mère ne m'avait pas aimée assez pour me garder près d'elle, et alors ? Je n'en étais pas morte. Mon corps ne flottait pas en Méditerranée avec ceux des pauvres gens qui avaient tenté de trouver une terre où subsister, loin de la terreur des bombes, il n'avait pas été brûlé avec ceux des juifs de Pitigliano et d'ailleurs. J'avais des jambes, des bras solides, deux yeux pour voir, une bouche pour goûter ma cuisine et celle des autres.

J'ai tendu le bras, effleuré la main de Kamar.

– Pardonne-moi. Je suis sûre qu'elle reparlera. Donne-lui juste un peu de temps.

– Le temps…

Elle n'a rien ajouté ; elle n'en avait pas besoin. Je comprenais. Le temps, lui aussi, était l'un des auxiliaires du destin, le serviteur de ses pièges d'illusionniste : on le croyait inépuisable et on se retrouvait au bout, bêtement, trop jeune pour tout et tout à coup trop vieille. On répétait qu'il guérissait tout. La belle idée. Celui qui avait inventé ça n'avait probablement jamais goûté son poison lent, jamais vu une blessure s'infecter et suppurer, jamais vécu et revécu, jour après jour, nuit après nuit, la perte. Jamais rêvé d'un petit corps glacé et de mains impuissantes à le retenir. Jamais scruté son propre visage à la recherche d'une ressemblance impossible à établir. Ma grand-mère avait jeté toutes les photos de ma mère, la traînée qui lui avait volé son fils. Elle ne répondait à aucune question la concernant. C'était aussi simple que ça, et j'avais fait avec.

Comme pour tout le reste.

Nous avons pris leurs manteaux, nous leur avons souhaité la bienvenue, puis Kamar s'est chargée de les guider jusqu'à leurs tables pendant que j'allais déposer les vêtements dans la chambre de Nebbe, transformée en vestiaire. Une brassée de lainages encore humides de la pluie fine qui avait balayé la vallée dix minutes plus tôt. Une puissante odeur d'antimites et de navet bouilli s'en dégageait. Je l'ai déposée sur un fauteuil. Le Chat s'est faufilé entre mes jambes pour flairer ces dépouilles, le nez frémissant. Je me suis dit que je devais, pour une fois, faire preuve de fermeté.

– Ce n'est pas un lit pour toi. Tu vas laisser des poils partout. Allez, ouste, dehors.

Il m'a décoché un regard méprisant et, la queue bien droite, a quitté la pièce avec la dignité d'un empereur forcé à l'exil. Je l'ai suivi, assez satisfaite de ma démonstration d'autorité.

Il m'en fallait peu, décidément.

Dans la salle, le bruissement des voix enflait, puis diminuait, une vague tranquille, encore timide. Les convives se regardaient du coin de l'œil, remuaient leurs couverts, lissaient les plis des nappes. Une femme avait glissé dans ses cheveux la fleur donnée par Hana ; j'en ai remarqué plusieurs autres à la boutonnière de certains hommes. Ils s'étaient fait beaux, comme pour un mariage, chemises blanches et cravates sorties pour l'occasion de leur papier de soie, vestes un peu lâches aux épaules ou au contraire trop serrées, robes imprimées, châles au crochet en laine mousseuse, boucles fixées à la laque et broches tiraillant les tissus fatigués. Ils attendaient avec patience d'être servis. Nebbe, qui, elle aussi, avait revêtu sa plus belle robe, circulait entre les tables, saluant à la ronde. Le Chat l'avait rejointe et marchait à côté de son fauteuil, impassible et, autant que sa mine de bagarreur et ses cicatrices le lui permettaient, gracieux. Devant Porfirio, l'ex-amoureux de Nebbe, il a marqué un temps d'arrêt. Le vieil homme, heureux du privilège accordé, a tendu la main pour le caresser.

– Te voilà, toi, a-t-il dit de sa voix cassée. On ne s'est pas vus depuis longtemps, mais tu me reconnais, pas vrai ? Tu n'as pas changé.

Il parlait au Chat, bien sûr, mais chacun de ses mots s'adressait à Nebbe. Celle-ci a sifflé entre ses dents comme pour rappeler un chien de chasse et est passée sans tourner la tête. Je n'ai pu m'empêcher de sourire malgré le dur noyau de rage qui pesait au creux de mon estomac et menaçait de se transformer à tout instant en bombe d'un genre pour moi inconnu – une pelote hérissée d'aiguilles chauffées au rouge, prêtes à larder de traits de feu quiconque aurait l'imprudence ou l'inconscience d'en déclencher le mécanisme. Ce sont souvent les innocents, les maladroits, qui paient pour les véritables coupables. *Dura lex, sed lex* : si les pages roses du Larousse n'avaient pas existé, je n'aurais jamais pu aligner trois mots de latin, mais elles m'ont offert pour à peu près chaque circonstance de la vie une sentence ciselée, mystérieuse, des mots dont l'enchaînement m'est resté obscur alors même que leur sens était aussi évident, aussi puissant que la décharge sucrée d'une première bouchée de chocolat. *Vae victis. Cave canem. Si vis pacem, para bellum. Doctus cum libro. Abyssus abyssum invocat. Vulnerant omnes, ultima necat.* L'exemplaire que je feuilletais sur la table de la cuisine, chez la voisine – celle des gâteaux brûlés – était taché de graisse, maculé de traces de doigts. Il avait servi à trois générations d'écoliers mais prenait depuis des années la poussière sur une étagère, à côté de l'atlas routier, seul autre livre dans la maison. Je n'y ai jamais cherché une seule définition, mais les pages roses m'attiraient, à cause de leur couleur peut-être, du frontispice dessiné où des colonnes brisées s'élevaient au premier plan d'une colline ponctuée d'oliviers et de cyprès, le tout flanqué de deux bustes plantés sur des socles ridiculement hauts – des hommes adultes, torse nu et manchots. Pendant des heures, les coudes sur la toile cirée, je mâchais et remâchais ces phrases que je ne comprenais pas, ou à peine, clés d'un monde paré de toutes les séductions indéchiffrables du passé. Je n'avais pas encore compris que ce monde n'avait pas tant changé ni qu'à l'avenir il m'écraserait, au mieux, de son indifférence.

Nebbe ayant fini sa tournée, le Chat est revenu vers moi. Il devait avoir deviné qu'une fois de plus je divaguais ; au frémissement agacé de ses moustaches, j'ai compris qu'il s'imposait le devoir de me ramener à la réalité, ce qu'il a fait en m'assénant un léger coup de patte et en levant vers moi ses yeux verts interrogateurs. La réalité, c'était ce dîner préparé avec tant de soin, cette salle, ces convives murmurant de plaisir anticipé – pas un tas de vieilles cartes postales oubliées au fond d'une armoire ni la sagesse discutable des pages roses. Est-ce que j'allais me réveiller, enfin ?

Je me suis secouée, j'ai cherché Kamar des yeux, mais elle avait disparu en cuisine. Un arôme acidulé a flotté jusqu'à moi quand Hana a poussé la porte et l'a tenue ouverte pour sa mère, chargée d'un plateau où se répartissaient des coupelles en porcelaine blanche. Je savais, pour les avoir un peu plus tôt alignées sur la longue table, qu'elles étaient décorées de trois oiseaux ouvrant un large bec pour mieux recevoir la parole de François d'Assise. Le saint, lui, n'était pas représenté, faute de place. Du coup, les oiseaux semblaient réclamer une nourriture bien moins spirituelle. Ce n'était pas plus mal comme ça, ai-je pensé avant de me précipiter pour apporter l'autre plateau.

Le repas pouvait commencer.

23

Kamar

Une fois égouttées, les betteraves en conserve étaient belles, rondes, couvertes d'une peau presque noire, plissée comme le cuir d'une momie antique. J'ai toujours aimé détacher cette peau, sentir sous mes doigts la fermeté de la chair rouge, délicatement veinée. C'est un travail paisible qui laisse de l'espace aux pensées vagabondes : on peut éplucher des betteraves tout en composant dans sa tête un poème d'amour, une chanson ou une lettre de rupture, même si associer la cuisine aux séparations me répugne. Ce sont des choses qui ne vont pas ensemble.

Le moment que je préfère, c'est quand tout est à sa place sur le plan de travail, la jatte contenant les tubercules bien propres, le hachoir, le citron, le poivre, les gousses d'ail, la sauce de sésame, le bol de lait caillé, le jus de grenade et, bien sûr, ma cuillère en bois, posée perpendiculairement au bord du plateau. On pourrait croire, à cet instant, qu'il ne reste presque plus rien à faire : la recette est simple, les gestes ont été plus de cent fois répétés, et pourtant c'est là que la magie opère – ou pas.

Ce matin, quand j'ai commencé mes préparatifs, j'ai pensé avec regret aux grenades que je cueillais, enfant, avec ma tante et mon oncle. Ils possédaient un verger à la limite de la ville, et nous y allions souvent, aux beaux jours. Comme Hana, j'aimais grimper aux arbres, me coucher sur une branche maîtresse, et leur murmurer mes secrets et mes chagrins. Ils en étaient les meilleurs gardiens : la preuve, quand nous repartions, je ne me rappelais même plus ce qui m'avait fait pleurer la veille. Les grenades de ce verger avaient une saveur astringente, très particulière ; son souvenir a survécu à la destruction des arbres, qui ont brûlé au début du conflit. Je revois encore leurs silhouettes tordues et noircies, belles encore, comme peuvent l'être certaines images de la mort. Une beauté capable de broyer tout espoir, et des cœurs plus endurcis que le mien.

J'ai versé le jus de grenade dans une petite casserole, en prenant bien garde de ne pas me tacher, et j'ai réglé le brûleur au plus doux avant d'y ajouter le jus de citron, mais pas de sucre, les fruits suffisent. Il faut juste être patient. Ne pas cesser de remuer, surveiller le premier frémissement, la fine bulle qui crève la surface. Ce que je voulais, c'était un sirop fluide – trop dense, la mélasse perdrait sa saveur fruitée. Et pour cela, une bonne cuillère est nécessaire, assez lisse mais pas trop, pour retenir le liquide quand il atteint la consistance souhaitée. Il y a la couleur, aussi : pas trop claire, pas trop ambrée. Un carmin profond. Cela dépend aussi des fruits, de leurs grains. Je n'avais pas cueilli ces grenades, je leur étais étrangère ; mais j'avais confiance en Nebbe. Tant qu'elle l'avait pu, elle avait pris soin de sa cuisine et de ses réserves. Elle respectait trop le travail des autres pour gâcher un cageot de fruits ou acheter des légumes de piètre qualité.

Le temps de lever le nez vers l'appui de la fenêtre où le Chat trônait, attentif, et il était déjà presque trop tard. J'ai vite retiré la casserole du feu, et j'ai versé la mélasse dans un bocal que j'avais stérilisé et couvert d'un torchon propre. Il ne restait plus qu'à la laisser refroidir avant de la verser sur les betteraves grossièrement hachées, de battre le jus de citron avec le tahini, de l'incorporer doucement au mélange, de doser l'ail et, enfin, d'assaisonner le tout. Juste avant de servir, j'ajouterais un filet d'huile d'olive et deux pincées de sel.

– Qu'en penses-tu, le Chat ? ai-je lancé à mon hôte silencieux. Ma cuisine est-elle à ton goût ?

J'ai tendu vers lui la cuillère chargée d'une très petite quantité de betteraves, et j'ai ri quand il a détourné la tête. Un rire joyeux, spontané – un son qui n'avait pas franchi mes lèvres depuis longtemps. Presque épouvantée, j'ai posé une main sur ma bouche, comme pour le faire cesser. Si brutalement que j'ai mordu ma paume et que la douleur, bien qu'insignifiante, m'a fait monter les larmes aux yeux. Comment pouvais-je rire ? Comment avais-je pu oublier, même une seconde, la mort d'Assâad et de tant d'autres, la dévastation de mon pays, le calvaire de ceux qui y étaient encore et de ceux qui l'avaient fui ? J'avais eu de la chance, tellement de chance, je n'avais pas connu la prison et mon séjour au camp n'avait pas duré longtemps ; assez, pourtant, pour écouter les récits des femmes et pour souhaiter ne les avoir jamais entendus. Les hommes, eux, se taisaient. Quand je les regardais, immobiles en plein vent ou adossés à un mur, les mains enfoncées dans les poches de leurs parkas, je ne voyais pas des êtres vivants, mais des statues en train de se désagréger dans la poussière. Jour après jour, ils se pétrifiaient, à la merci de la pluie et des bourrasques, de tout ce qui griffe, lamine, use, déchire, consume, éparpille et finalement détruit. Que resterait-il d'eux, dans six mois, un an ou trois ? Que resterait-il de cette femme torturée dans les prisons de Bachar, battue, violée, étranglée d'une main sous les rires de ses gardiens, forcée d'attendre nue dans un couloir humide ? Que resterait-il de ces enfants au dos flagellé et brûlé, de ceux qui avaient perdu un bras ou une jambe, parfois les deux ? Eux aussi, parfois, riaient. Ils le pouvaient, ils n'étaient pas coupables.

L'étais-je ? Et si oui, de quoi ?

Je circule entre les tables avec mon plateau. Acia me suit de près. Nous nous inclinons légèrement pour poser les bols sur les petites assiettes décorées. Je n'entends dans mon sillage aucun bruit de fourchettes ; ils attendent. Tous. Peut-être par politesse, ou parce qu'ils se méfient de cette mixture rouge au parfum aigrelet. Certains murmurent un « merci », d'autres hochent simplement la tête. Leurs visages sont figés, comme empesés, et aucun ne me regarde. Nebbe m'avait prévenue : « Ils ne sont pas méchants, mais leur cœur s'est froissé avec le temps. Ils n'ont plus de place pour la nouveauté. Sois patiente, fille. »

Si elle savait quelles réserves de patience j'ai entassées. Il m'en faudra, pour traverser toute une vie sans mon amour.

L'entrée est servie. Je suis assise sur l'escalier, avec Hana, qui déguste le contenu de son bol à toutes petites cuillerées. Le Chat ne nous a pas suivies, il a dû retourner à la cuisine, avec Acia. Il aime être là où les choses importantes se préparent.

Je suis heureuse de ce moment de calme. Entre les barreaux de la rampe, je vois les têtes blanches ou grises s'incliner d'un même mouvement, les mains parfois tremblantes plonger les fourchettes dans la masse soyeuse des betteraves. Tous ont adopté le même rythme. Je sens, plus que je n'entends, leurs souffles, et je calque ma respiration sur la leur. Ce qui gonfle et vide leurs poumons, ce n'est pas la peur, ni la souffrance, ni l'angoisse de leur mort prochaine, ils oublient tous leurs petits maux pour se concentrer sur la saveur des betteraves et celle des pains plats en forme de demi-lune, disposés à côté des coupes. La douceur farineuse et l'acidité un peu croquante, la note sucrée de la mélasse de grenades, tout un bouquet de goûts différents, surprenants. Combien d'entre eux, comme Nebbe ces derniers temps, ne se nourrissent plus que de polenta cuite à l'eau et de soupes industrielles, ou bien de ces plats à réchauffer qu'on dépose chez les vieux dans des barquettes en aluminium ?

Je ferme les yeux. Ils sont là. Ils mangent le *mutabel shawandar* de mes journées d'anniversaire, de mes pique-niques, de mes soirées d'étudiante, quand je révisais mes cours en y trempant de grosses bouchées de pain. Le plat apporté par ma tante à la maternité le lendemain de la naissance d'Hana. Le *mutabel shawandar* d'un de mes premiers repas avec Assâad, sous l'arbre de la cour. Si je pense à ce soir-là, et j'y pense souvent, le mot qui me vient est « rouge ». La couleur des betteraves, de mon foulard, des fleurs qui s'épanouissaient dans un ancien bassin à ablutions en laiton incrusté de cuivre. L'objet avait appartenu à ma grand-mère. Jusqu'à sa mort, elle l'avait utilisé pour se laver, et après sa disparition, j'y avais planté ses fleurs favorites.

Ils mangent le *mutabel shawandar*. Sans le savoir, ils partagent avec moi les moments les plus heureux de ma vie.

24

Acia

C'est alors que je la regardais – que je les regardais, assises sur les marches, le bas de la jupe de Kamar recouvrant les genoux de la petite Hana, qui agitait ses mains coiffées de tissu pour une scène muette de marionnettes –, que mon cauchemar est revenu. Sauf que j'étais bien éveillée et que j'avais douze tables à servir. Trente-deux assiettes du plat préparé par Nebbe. Elle et Kamar avaient accaparé la cuisine presque toute la journée ; encore une chance que mon dessert ait été prêt. Nebbe, cette fois, avait refusé mon aide. Je m'étais sentie rejetée. Le paradis existait dans cette pièce pleine d'odeurs chaudes, et j'en étais exclue. Même le Chat m'avait abandonnée pour se tapir sur une étagère entre un pot de cornichons à l'estragon et une antique balance Roberval. Hana, grimpée sur un tabouret, jouait avec les poids en cuivre. Je crois bien qu'elle parlait au Chat, avec ses sourcils et son petit nez froncé. Au moins, ces deux-là se comprenaient, c'était une minuscule consolation – une consolation tout de même.

Désœuvrée, j'avais erré autour de l'*osteria*, cueilli de l'ail des ours avec l'idée de confectionner ce pesto très parfumé qui suffit à faire du moindre plat de pâtes un délice, puis j'avais pris un bain, frotté ma peau au gant de crin, coupé ma frange, enfilé ce que j'avais de mieux, à savoir une chemise blanche sur un jean pas trop délavé, noué mes cheveux en queue-de-cheval avant de décider que j'avais l'air d'une vieille gamine et de les relever comme d'habitude, c'est-à-dire n'importe comment. J'avais étalé sur mon lit les cartes postales de Lourdes et je les avais scrutées une à une comme si j'avais été capable de détecter sur l'une d'elles une infime différence, un détail, la clé de l'énigme qu'elles représentaient. Une sorte de jeu des sept erreurs.

J'avais échoué, bien entendu.

Et là – Nebbe venait d'adresser un signe impérieux à Porfirio, son vieil amoureux, qui s'était aussitôt levé pour pousser son fauteuil jusqu'à la cuisine –, le puits du cauchemar s'est ouvert sous mes pieds. Sombre, plein à ras bord d'une eau sous laquelle se dessinait la forme d'un visage aux traits à peine esquissés.

Je savais ce que je devais faire.

L'enjamber. Passer par-dessus, sans me retourner, sans céder à la tentation de me pencher sur la surface pour contempler ce qui n'était peut-être qu'un reflet, une bulle captive, un poisson aveugle des grandes profondeurs, et peut-être un enfant, né non viable à onze semaines de grossesse, mon enfant que je n'ai jamais vu, dont les cendres ont dû se mêler à celles des autres déchets de l'hôpital, mon enfant sans nom, sans père puisque mon copain de l'époque avait choisi de disparaître après m'avoir déposée aux urgences. Pour de bon, avec armes et bagages, ordinateur et machine à café, me laissant son trousseau de clés sur la table de la cuisine, posé bien au milieu. C'était un garçon soigneux, ça oui. Il a dû enfouir ce souvenir dans un dossier cartonné aux angles nets, étiqueté, refermé, rangé, oublié. Tenir sa mémoire en ordre comme une comptabilité d'entreprise, par colonnes, profits et pertes minutieusement répertoriés, sans aucune case pour les regrets, c'était sa manière, et je ne vois pas pourquoi il en aurait changé.

C'est vrai qu'il était comptable et qu'il avait en horreur les taches de sauce tomate. Deux bonnes raisons pour fuir une femme comme moi.

Autour de moi, ça parlait, ça riait même, le vin que j'avais choisi pour accompagner l'entrée, un *trebbiano d'Abruzzo* bien frais, avait délié les langues, les vieux échangeaient des commentaires, certains lâchaient des petits rires vite étouffés, comme si s'esclaffer était à leur âge un plaisir illicite, presque une indécence.

Et je restais là, le ventre lourd. Une pierre logeait en moi, elle n'avait pas bougé depuis des années, son ébranlement me prenait de court. Je m'étais habituée aux terreurs nocturnes, à l'angoisse du réveil ; cette crispation qui naît juste sous les seins et se propage dans tout le corps, je savais comment la repousser, les moyens ne manquent pas – la radio, l'eau froide, le café, les films romantiques visionnés par *shots* de vingt minutes pendant les repas, et le travail, bien sûr, rien de mieux pour ne pas penser. Jamais cette douleur ne m'avait rattrapée à l'état d'éveil, je courais trop vite pour elle, il fallait croire.

Est-ce que je m'étais arrêtée ? Est-ce que j'avais baissé ma garde ? Est-ce que la Vierge de Lourdes, en dix-huit exemplaires, y était pour quelque chose ?

La porte de la cuisine a battu avec violence, heurtant le mur. Nebbe, furieuse, a bloqué l'ouverture avec les roues de son fauteuil. Derrière elle, Porfirio nous adressait de grands signes affolés. Kamar s'est levée et a dégringolé les marches ; sa jupe avait glissé des doigts de sa fille, mais celle-ci a continué son jeu silencieux. Deux becs de canard se faisaient face, prêts à l'affrontement. Frêles, comme ses mains, résolus pourtant. Elle, Hana, en avait appris bien plus que moi, et bien plus tôt, sur la mort et l'injustice. Je ne pouvais pas flancher devant elle.

J'ai bombé le torse, tiré sur les pans déjà un peu froissés de ma chemise, et j'ai fait le pas, effaçant momentanément le puits, le visage, tout ce que je n'avais jamais osé affronter. Les becs de canard se sont tournés vers moi, j'ai souri à Hana et foncé vers la cuisine.

– Qu'est-ce qui te prend, fille ? a sifflé Nebbe quand j'ai doucement repoussé son fauteuil pour franchir la porte.

– Rien.

– Tu as vu un fantôme ? Ce n'est pas le moment. Les *carciofi alla giudia* doivent être servis dès qu'ils sortent de la friture.

Par-dessus son épaule, je voyais Kamar et Porfirio courir de la table au fourneau, les assiettes volaient, du moins j'en avais l'impression, des longues mains dorées aux larges paluches couvertes d'une mousse de poils gris ; un torchon s'est déployé comme une voile et est tombé sur le carrelage, dans l'instant piétiné par un brodequin à semelle épaisse, l'huile bouillante a fusé, crépité, Kamar a grimacé et frotté son bras, sans cesser de sortir de la bassine ce qui ressemblait, de loin, à d'énormes roses aux pétales couleur de thé.

Oui, j'avais vu un fantôme. Et non, ce n'était pas le moment.

J'ai contourné Nebbe pour me jeter, tête la première, dans la mêlée.

25

Kamar

Pendant que nous égouttions les artichauts qui avaient baigné une bonne partie de l'après-midi dans l'eau citronnée, deux par deux – « Tape-les gentiment l'un contre l'autre, fille, gentiment, c'est important » –, Nebbe m'a raconté que sa recette d'enfance venait en réalité du ghetto de Rome ; c'était là qu'on avait servi pour la première fois ces légumes frits entiers – fond, cœur et feuilles. Leur préparation demandait de la patience, chaque geste avait son importance, comme celui de jeter quelques gouttes d'eau froide dans la poêle où se faisait la première cuisson, pour que l'intérieur de l'artichaut cuise en même temps que l'extérieur dorait. Elle m'a fait une démonstration, plongeant ses doigts serrés dans le bol plein d'eau et les ouvrant ensuite brusquement. Il faut répéter ce geste autant de fois que nécessaire, mais pas trop, au risque d'amollir les feuilles. Ensuite, les artichauts sont rangés dans un plat, les fonds vers le bas pour conserver l'humidité. La dernière étape est la plus délicate : piquer les fonds à l'aide d'une fourchette à long manche et plonger les légumes dans l'huile bouillante jusqu'à ce qu'ils s'ouvrent, « comme des fleurs, fille, exactement comme des fleurs. Et tu dois les servir dès qu'ils sortent de la bassine, encore brûlants, comme l'amour, tu sais bien, l'amour, il ne faut pas attendre qu'il ait refroidi pour le déguster », a-t-elle insisté.

Oh oui, je le savais. Et j'aurais aimé le dire à Acia. Le matin, quand Nino avait apporté les artichauts, j'avais vu son regard s'attarder sur elle. Et ses yeux à elle se poser sur ses mains, juste quelques secondes – juste un peu trop longtemps. Ces deux-là se plaisaient. Quand arriveraient-ils à se l'avouer ? J'aurais bien donné un coup de pouce au hasard, mais je ne savais pas comment m'y prendre. Je me suis promis d'y penser. Plus tard, mais pas trop tard. Nebbe avait raison.

Nebbe avait changé ses plans. Pour accompagner les *carciofi alla giudia*, elle avait préparé un pain de viande d'agneau hachée, le *polpettone di agnello*, « à cause des vieux, tu comprends, ils ont tous des dentiers, il leur faut du facile à mâcher ». Et elle a ri, exhibant avec fierté deux rangées de dents solides et saines, « et toutes à moi, je te le garantis ». Une préparation simple : il suffit de bien dégraisser la viande avant de la hacher, de l'assaisonner de sel et de poivre, d'ajouter des herbes à volonté – ce soir, des sommités fleuries de romarin finement hachées –, de lier le tout avec l'œuf et de former des miches en pressant bien pour éviter les bulles d'air. Ces miches, dorées à la sauteuse dans une bonne quantité d'huile, découpées en tranches, doivent être arrosées à la dernière minute d'une sauce courte au vin blanc bouilli avec les sucs de cuisson.

D'où notre affolement, et la présence de Porfirio.

Porfirio. Il réussit à couver Nebbe d'un regard adorateur sans cesser pour autant de me passer les assiettes après y avoir déposé une tranche de *polpettone* Jamais je n'aurais cru que ce corps usé, noué par la vie et le travail, puisse en un instant acquérir une telle légèreté. Ses énormes godillots effleurent à peine le dallage, ses gestes sont vifs, précis ; il rayonne. Quant à Nebbe, elle trône au bout de la longue table de cuisine, louche en main ; son geste pour verser sur chaque portion la juste ration de sauce a la solennité d'une bénédiction. Elle n'accorde pas un regard à son soupirant, mais le peu de rose qui s'attarde sur ses joues mates me prouve qu'elle n'est pas insensible à sa dévotion acrobatique.

Moi aussi, j'aime cette femme. Je viens juste de le comprendre, comme si je sortais d'une longue hébétude. J'aime ce drôle de personnage crocheté à son fauteuil, sa générosité sans phrases, ses mimiques, même ses piques ; j'aime son humeur bougonne, et sa façon de ponctuer ses phrases quand elle s'adresse à Acia ou à moi, fille, gamine, fillette. Ces mots-là ressemblent à des bras dotés d'une prodigieuse élasticité, elle les lance, ils nous capturent et nous ramènent à elle, tout près, en sécurité.

« En sécurité »... Ma vue se brouille, j'ai peut-être reçu une goutte d'huile brûlante dans l'œil, je continue machinalement à sortir les artichauts de la bassine et à les poser dans les assiettes tendues par Porfirio, et puis c'est fini, il n'y a plus rien qu'un chapelet de bulles qui monte lentement vers la surface brunie. Je tourne la manette du gaz, tout s'apaise, j'entends Nebbe houspiller Acia, plus vite, fille, encore douze assiettes, ce n'est pas la mer à boire quand même, Porfirio, aide-la, quelqu'un prononce mon prénom mais je ne me retourne pas, le Chat passe entre mes mollets plusieurs fois, la porte bat, et dans le silence revenu je le sens monter, passer de ma poitrine à ma gorge, éclater enfin. Un sanglot, un cri plutôt, étranglé, avais-je en moi tant de rouille ou de boue, je ne sais plus pleurer, je ne sais plus, j'aimerais tant. Je garde les yeux ouverts, une feuille d'artichaut nage encore dans le liquide, d'où monte une fumée grasse, ses mouvements paresseux m'hypnotisent, monter descendre monter descendre, le vert a tourné au noir, je devais ressembler à cette feuille après la mort d'Assâad, à errer sans but. Je le cherchais partout, j'enfouissais mon visage dans ses vêtements, je me mettais à trembler à la vue de sa brosse à dents. Ma tante a fini par cacher tout ce qui lui avait appartenu, sauf une écharpe que je gardais serrée autour de mon cou jour et nuit. C'était sa dernière peau, je ne pouvais pas m'en dépouiller. Je l'ai gardée longtemps, mais j'ai fini par ne plus y retrouver son odeur. Je l'ai pliée dans un tiroir, je la regardais tous les jours, je posais ma main dessus, je pensais : *Bonjour, mon amour.*

Je l'ai perdue pendant le voyage qui nous menait à Izmir, je ne sais plus quand ni comment. Peut-être le destin sait-il mieux que nous à quel moment il faut abandonner certaines choses. Cette part de ma vie réduite en cendres.

De minuscules cratères se forment à la surface de l'huile, j'avais pourtant éteint le feu sous la bassine, mais non, ce sont des larmes, cette fois, mes larmes, de vraies larmes qui débordent et chutent et ouvrent sous mes yeux d'autres yeux minuscules et miroitants. L'eau ne se mêle pas à l'huile, pas plus que les vivants aux morts, n'est-ce pas l'une des premières leçons de l'école et de la vie ? Que suis-je en train d'apprendre aujourd'hui ? Rien qui puisse expliquer cette séparation. Je prends juste la mesure de mon ignorance et cela ne m'attriste plus. Si je pleure, c'est pour laver ma douleur.

– Ah, enfin. Je me demandais quand tu te déciderais.

Je n'ai pas entendu Nebbe approcher sur ses roues caoutchoutées. Ses genoux s'encastrent exactement dans le creux des miens, si bien que je ne peux plus changer de position. Ça m'est égal. Je suis bien, là.

– J'ai gardé deux parts pour nous, dit-elle. On va les manger tranquillement ici. Tu es d'accord ?

Si je suis d'accord ? Je l'embrasserais, si j'osais.

26

Nebbe

Elles sont là. Posées comme des oiseaux sur les marches de l'escalier, en train de grignoter les derniers beignets. Je n'ai pas besoin de lever la tête pour les décrire : Kamar se tient droite, la tête haute, elle mange délicatement, dans le creux de sa main libre repose l'une des tresses de sa fille, elle ne joue pas avec, ne la serre pas, se contente d'en apprécier le poids. Je le sais. Moi aussi, j'ai aimé que se posent sur moi ces précieuses chaînes, les cheveux de mon enfant. Si vite coupés, que sont-ils devenus ? Balayés avec insouciance ou vendus à un fabricant de perruques ? Parfois, je rêve qu'une inconnue lisse chaque matin la longue mèche qui retombait toujours sur le front de Lidia et échappait aux barrettes. Mes doigts s'agitent dans l'obscurité, un mouvement réflexe qui me réveille. Approche-toi, ma belle, viens, Lidia, que je te voie une fois, une seule fois. Approche-toi, il ne me reste plus rien, tu comprends, plus rien de vivant à quoi accrocher ma colère, mon chagrin, et cette impatience dont je ne me corrigerai jamais. Les vêtements entassés dans l'armoire ne comptent pas, ni les vieux jouets. Tu as emporté toutes tes photos, tu les détestais, ces images figées, mortes, « Arrête de me voler mon âme », protestais-tu quand j'appuyais sur le déclencheur.

Parfois, l'hiver, le vent qui souffle d'Assise me porte un écho de ta voix. Un étrange et rare phénomène. Le temps que je suspende mon souffle, je n'entends plus rien. C'est une malice de leur saint François : me dispenser ce misérable miracle pour mieux me faire comprendre ce que j'ai perdu.

Hana est, comme souvent, en grande conversation avec le Chat. Ces deux-là n'ont pas besoin de mots, ni de sons, d'ailleurs – depuis son arrivée, je ne crois pas avoir entendu cet animal miauler. Il n'en a pas besoin pour se faire obéir. Pour la petite, c'est ce qu'on pouvait rêver de mieux : il n'essaie pas de la faire parler, ne la dorlote pas et ne la suit pas à la trace. Mais il a toujours un œil ouvert, pire qu'un chien de garde. Je ne donnerais pas cher de la peau du premier qui s'en prendrait à la gamine. Cet animal est capable d'écorcher un géant. J'exagère, bien sûr, mais à peine.

J'ai encore le goût du miel des beignets dans la bouche, sur la langue, il adoucira, probablement, mon refus quand Porfirio me demandera, tout à l'heure, s'il peut me pousser jusqu'à ma chambre. Je ne vois pas, en moi, ce qui a pu lui inspirer un tel amour ; c'est peut-être pour cela que depuis des années je lui dis « non ». J'ai peur de son regard émerveillé, de sa joie si je lui concédais à nouveau la moindre parcelle d'intimité. Il n'y a rien de plus effrayant que la joie humaine quand on sait qu'elle est vouée à s'éteindre. Mieux vaut l'attendre toute sa vie et ne jamais être déçu.

Pourtant, rien qu'une fois encore, j'aimerais sentir les bras de Porfirio autour de moi.

Les vieux ont terminé leur repas. Ils ont raclé leurs assiettes, trempé le pain maison dans la sauce, sucé chaque feuille d'artichaut. Leurs lèvres, leurs doigts sont brillants de miel. Emilia et Bernardino, qui s'entendent comme chien et chat depuis le jour de leur mariage, se tiennent la main et se sourient. S'ils n'avaient pas dépassé cent soixante ans à eux deux, je prédirais une naissance dans neuf mois. La vieille Fosca s'est endormie, la tête sur ses bras croisés, et, à voir son expression, on dirait que son rêve est agréable. Scolastica, Seconda et Soccorsa, les triplettes, rient comme des bossues ; personne n'a l'air de savoir pourquoi et personne ne s'en soucie. Umberto, que j'ai toujours connu aussi taciturne qu'une borne routière, tient de grands discours devant un auditoire somnolent et béat. Il agite les bras, hausse les sourcils, s'exclame ; ses joues flétries sont rouges comme des pommes.

Ce soir, ils ne sont plus eux-mêmes.

– Tu veux dire qu'ils sont redevenus ce qu'ils étaient, chuchote la voix de Porfirio à mon oreille, ce qui me fait sursauter. Regarde-les : ils ont retrouvé le goût des longues palabres, le rire, l'amour et l'oubli. Grâce à toi.

Mes doigts se crispent sur les roues de mon fauteuil. Je voudrais m'éloigner de lui, ne plus sentir son souffle chaud sur ma nuque. Sèchement, je réplique :

– Tu es bien éloquent, ce soir.

– C'est ton repas. Il faut croire qu'il me fait de l'effet, à moi aussi.

– Ce n'est pas mon repas. Ce sont les filles, qui ont tout préparé.

Il rit doucement.

– Ah oui ? Je connais pourtant tes plats, Nebbe. Le *polpettone di agnello*. Les *carciofi alla giudia*. Autrefois, tu cuisinais pour moi. Tu te souviens ?

– Non. C'était une autre vie. Peut-être que j'ai trouvé l'oubli, moi aussi.

– Mais pas l'amour.

– On ne peut pas tout avoir, Porfirio.

– Ma Nebbe n'aurait pas dit ça.

– Ta Nebbe n'existe pas. Tu l'as inventée.

– Je n'en suis pas si sûr. Mais puisque tu le dis… Bonne nuit.

Je sais exactement quel geste il fait pour se relever, une main sur ses reins, et quelle grimace déforme brièvement son visage. Le voilà qui passe devant moi. Il va se retourner juste avant de quitter la salle, il me regardera, et je lirai dans ses yeux, une fois encore, l'amour qu'il me voue depuis trente-cinq ans. Celui d'un chien fidèle que, méchante carne que je suis, j'ai toujours envie d'écarter d'un coup de pied, pas fort, assez pourtant pour qu'il aille voir ailleurs si j'y suis.

Encore trois pas, deux pas, un, et il va…

Mais non. Il ne se retourne pas, cette fois. Il décroche son chapeau de la patère, le pose sur sa tête, et sort, laissant la porte ouverte.

Dehors, la nuit est douce. Pourquoi, alors, ai-je si froid tout à coup ?

27

Acia

– Qu'est-ce que c'est ?

J'ai lâché les cartes postales sur les genoux de Nebbe, dans le creux de sa robe. Une quinzaine de Madones moroses et autant de Jésus grassouillets. Celle qui se trouvait sur le dessus du paquet était gondolée, piquée de points de rouille comme la coque d'une épave. Un bateau depuis longtemps oublié par les vagues, orphelin de ses voyages et des mots qu'il aurait pu porter, affectueux ou non.

– Je ne crois pas aux coïncidences. À chacun de mes anniversaires, j'ai reçu une carte comme celles-ci. Jusqu'à la mort de ma grand-mère et mon placement en foyer. Depuis, plus rien. J'arrive ici, je les trouve dans votre armoire. Vous m'expliquez ?

Par les fenêtres grandes ouvertes nous parvenaient encore des murmures et des rires. Nos invités s'en retournaient chez eux, réchauffés par le vin et la nourriture, et aussi par ce qui avait flotté dans la salle avant, pendant et après la dégustation des plats : une attente, un plaisir, enfin la douce sérénité des digestions heureuses. Ils reviendraient, avaient-ils promis. Plus question de prendre le car pour aller jouer au bingo sous les néons d'une salle en préfabriqué ni de se contenter de plateaux-repas industriels. Au moins trente couverts une fois par semaine, la communion de l'arrière-petite-fille des triplettes dans un mois, peut-être un mariage, et des plats à livrer presque tous les jours : l'avenir immédiat de l'*osteria* était assuré. J'étais la seule à ne pas sourire, la seule à sentir l'amertume brûlante de la frustration dominer la saveur sucrée de mon dessert. Pourtant, je les avais réussis, ces *sannachiudere*, et pendant ces deux heures où je m'étais trouvée seule dans la cuisine, tôt le matin, j'avais retrouvé les gestes qui, pensais-je, me définissaient : tamiser la farine, couper le beurre en petits morceaux, frotter mes mains l'une contre l'autre pour obtenir la consistance sableuse, m'asseoir à côté de la boule de pâte couverte d'un linge, dans la fraîcheur de la réserve, et suivre du regard le vol des oiseaux qui traversaient le rectangle de clarté découpé par l'imposte. C'était ainsi, avais-je lu un jour, que les augures prédisaient l'avenir. Pour moi, ces instants-là représentaient le seul repos que j'aie jamais connu, et ils n'en étaient que plus précieux. Je n'avais jamais voulu connaître l'avenir. Sauf ce soir, et il était plutôt question du passé. Je ne supportais plus d'attendre. Je voulais une réponse. Tout de suite.

Nebbe ne me regardait pas. Elle fixait, au-dehors, le parking inondé de bleu par la clarté lunaire. Une silhouette solitaire le traversait en boitant : Porfirio. De loin, on aurait dit une marionnette privée de certains de ses fils : son épaule gauche s'affaissait régulièrement, il semblait être sur le point de s'écrouler, puis se redressait d'un mouvement saccadé. Elle l'a suivi des yeux jusqu'à ce qu'il passe derrière la pompe à essence et disparaisse.

– Je ne sais pas s'il reviendra, cette fois. Et je m'en moque, a-t-elle grommelé entre ses dents.

– Tant mieux pour vous. Repousser l'amour, c'est un luxe que tout le monde ne peut pas se permettre.

Pourquoi avais-je parlé ainsi ? C'était méchant, et inutile. Mais elle n'a pas réagi, et l'écho de mes paroles a résonné entre nous jusqu'à me donner envie de hurler ou d'implorer son pardon. Il y a des silences qui font plus mal qu'un coup de poing dans le ventre. J'aurais parié que Nebbe le savait. Elle savait tant de choses.

Enfin, elle a manœuvré son fauteuil de manière à me faire face.

– Je n'ai rien à t'expliquer. Ces cartes étaient à elle – Lidia, ma fille. Un été, elle est allée à Lourdes avec son père et sa belle-mère, cette sainte-nitouche. Une vraie grenouille de bénitier, celle-là. Lidia a dû les voler ou les ramasser dans une poubelle. Les acheter, ce n'était pas son genre. Les bondieuseries non plus. Je n'ai jamais compris pourquoi elle les gardait.

Je suis restée immobile, les bras ballants, le souffle court. Quelques instants plus tôt, je comparais Porfirio à un pantin désarticulé, mais à présent mes propres fils pendaient de mes poignets et de mes genoux, tranchés par une lame impitoyable. Kamar s'était discrètement éclipsée dans la cuisine, d'où me parvenaient des bruits de vaisselle. J'aurais dû me secouer, débarrasser les tables, passer la toile sur le sol pour nettoyer les taches de sauce, reculer une fois de plus devant cette vérité si difficile à affronter, même si elle s'était depuis longtemps inscrite en moi : je n'avais été ni désirée ni aimée, à peine mieux tolérée qu'un chiot bâtard. Il n'y avait de place nulle part pour les gens nés par erreur ou dans le mauvais berceau. On ne marquait plus les criminels au fer rouge, mais certaines marques vous étaient appliquées dès votre premier cri, et elles se voyaient, oh oui, elles se voyaient. Ou se reniflaient, comme une mauvaise odeur, légère, assez gênante, cependant, pour éloigner de celles et ceux qui en étaient affligés toute forme de tendresse. Personne n'avait besoin de moi. Une femme de peine, on disait cela autrefois et c'était si cruellement vrai. Sans visage, presque sans nom. Certaines bourgeoises ne rebaptisaient-elles pas, il y a cinquante ans, leurs bonniches successives pour s'épargner l'effort de retenir un prénom étranger ? « Ici, ma fille, vous serez Marie, un point, c'est tout. » Deux mains vouées aux tâches rebutantes, un dos toujours courbé. Femmes interchangeables. Jetables. Venues de loin ou de la rue d'à côté, peu importait, au fond, elles rentraient dans leur niche à la fin de leur service, et se taisaient.

Je les connaissais bien. J'étais l'une d'elles. Le cahier de recettes et le Chat m'avaient éloignée pendant quelques semaines de cette grisaille, mais j'allais y retourner, et vite. Je n'aurais probablement jamais dû en sortir. C'était une erreur. Que j'allais payer jusqu'à la fin de ma vie.

– J'avais raison, le premier jour.

La voix basse de Nebbe m'a sortie de ma torpeur. Elle avait rajusté sur son nez ses lunettes trop grandes et me fixait. Ses prunelles ressemblaient à deux escarbilles nageant dans un océan de lait ; elles ont capturé mon regard avec une douceur inhabituelle.

– Le premier jour ? ai-je répété.

– Quand tu es entrée ici. J'ai cru que c'était elle. Qu'elle était enfin revenue à la maison.

– Qui ? Votre fille ? Ma mère ne s'appelait pas Lidia.

– Bien sûr que non. Elle détestait son prénom. Au lycée, elle avait décidé d'en changer. Elle nous a fait la misère à tous pendant des mois. Elle voulait s'appeler…

– Amande, ai-je chuchoté, la gorge nouée. Je l'avais oublié. Elle… ma grand-mère… la mère de mon père… ne l'appelait que « la garce de Palazzo ».

Dire que je n'avais même pas fait le rapprochement. Ou si fugitivement que l'idée à peine née s'était fanée d'elle-même. De telles choses n'arrivent que dans les contes. Je n'ai jamais eu la tête, ni le tempérament, de la princesse au petit pois. Même si le Chat…

Bref.

– Amande, oui. Et pourquoi pas Olive ou Aubergine ? C'était ridicule, je ne me suis pas privée de le lui dire. Mais elle n'écoutait rien ni personne. Elle aimait la floraison des amandiers, et le vert des bogues, leur velours ; elle disait : « C'est le plus beau velours, je voudrais une robe de cette couleur-là. » Déjà, à dix ans, elle rêvait plus haut que le clocher de l'église. Je n'aurais pas pu la retenir, même en essayant de la ligoter aux barreaux de son lit. Certains sont comme ça, si légers qu'aucune attache ne compte pour eux. Ils passent. Comme les étoiles filantes. On ne peut pas retenir une étoile filante, on peut seulement se réjouir de l'avoir vue.

– Mais moi, je ne l'ai pas vue. Jamais. Ou je ne m'en souviens pas, et c'est la même chose.

Nebbe a soupiré.

– Ce n'est pas la même chose, fillette. Elle t'a tenue dans ses bras. Tu as senti son odeur. On n'oublie jamais ces choses-là, tu sais. Je ne veux pas la défendre, Lidia, ou Amande, comme tu veux. Elle a un caractère de chien – je me demande d'ailleurs à quoi rime cette expression, vu que les chiens, quand ils t'aiment, se jetteraient au feu pour toi. Et moi, j'ai su très tôt que je la perdrais. On se disputait tout le temps, elle partait comme une flèche et filait vers le premier virage de la route pour faire du stop. Je lui collais au train, j'étais sûre qu'elle allait tomber sur un de ces types qui vivent la braguette ouverte, pour ne pas dire pire. J'emportais le plus grand des couteaux à viande, je me cachais dans les buissons, juste au cas où. Les touristes n'osaient pas l'emmener où que ce soit, trop gamine, ils craignaient les ennuis, et les gens du coin, eh bien, ils finissaient par la ramener à la maison après lui avoir donné un goûter et l'avoir écoutée récriminer contre moi. Les choses se calmaient, jamais longtemps. Elle est née avec la fuite dans le sang, tu comprends ? Rien ne pouvait la retenir. Même pas toi, petiote. Les cartes… Elle a dû en prendre un paquet à son dernier passage ici. Je pense que c'était sa façon à elle de se garder vivante dans ta tête. J'aurais aimé qu'elle en fasse autant pour moi.

Tout son visage s'est crispé sous l'amertume de cette dernière phrase.

– Moi, je n'ai même pas vu ma fille.

Bon sang, Acia, tu ne pouvais pas te taire ? Tu cherches quoi, la médaille des malchanceuses, des larguées, des vies ratées ? Qu'est-ce que tu veux prouver ? De la souffrance, dans ce hangar rafistolé, il y en a bien assez. Tu ne vas tout de même pas montrer les dents pour en réclamer ta part, comme si c'était un héritage ?

La main grise de Nebbe s'est levée lentement ; elle a tâtonné vers moi, m'a trouvée, a agrippé mon bras, qu'elle a caressé avec maladresse.

– Mais tu es là, a-t-elle chuchoté. Tu es là, et c'est un miracle. Le responsable, c'est peut-être le *Poverello*, peut-être le Chat, ou la garce de Palazzo, ou Palazzo tout court, les noms ont un pouvoir, tu sais, ils se tapissent dans un pli de tes souvenirs pour te faire de l'œil, ils t'attirent avec leurs jolies syllabes sucrées et ils te mènent par le bout du nez exactement là où tu dois aller. Ça m'est bien égal, au fond, le pourquoi du comment, fillette. À trop chercher d'explications, on finit par irriter les dieux. Assieds-toi près de moi. Raconte. J'ai besoin de ça. De ton histoire. Ma vie a été coupée en deux, la tienne aussi ; il est temps de les recoudre, tu ne crois pas ?

28

Kamar

Il est près de minuit quand je redescends, après avoir bordé Hana dans son lit. Pour la première fois elle ne s'est pas accrochée à mes vêtements, à mes mains, pour la première fois je n'ai pas lu dans ses yeux la terreur d'être séparée de moi. Ma fille revient doucement dans le pays de l'enfance, là où les pères, les mères, ne disparaissent pas pendant leur sommeil. Le Chat y est pour quelque chose : depuis notre première nuit ici, il a choisi de s'installer entre nous sitôt la lumière éteinte et d'y rester jusqu'au petit matin. Une patte posée sur le poignet d'Hana. J'ai passé des heures à écouter son ronronnement, une paisible vibration qui s'interrompait, reprenait, nous enveloppait. J'ai beaucoup de respect pour cet animal – mais devrais-je dire « animal » ? Pourquoi pas, j'en suis un, moi aussi, et dans « animal », il y a la racine du mot « âme », en italien comme en français, langues que je manie de mieux en mieux grâce aux deux femmes qui vivent ici.

Elles ne sont plus dans la salle, mais j'entends un faible murmure de voix en provenance de la cuisine. Bien sûr. Je ne sais pas ce qu'elles avaient à se dire, mais c'était important, je l'ai senti ; et les conversations importantes, affirmait ma tante, sont comme les décisions dont toute une vie peut dépendre, il faut s'y attaquer autour d'un panier de pois à écosser ou de roses à tremper dans l'eau froide avant de détacher délicatement leurs pétales pour la confiture ou la gelée.

Elles lèvent la tête à l'instant où je pousse la porte, et je vois qu'Acia a pleuré. Quant à Nebbe, en dépit de ses traits creusés par la fatigue, je pourrais presque croire qu'elle a rajeuni de dix ans. Devant elle, le cahier de recettes est ouvert sur une page vierge. L'humidité et le temps ont marqué le papier de taches rousses pas plus grandes que des piqûres d'épingle.

– Tu tombes bien, me dit Nebbe. Nous avons des choses à célébrer. Cette soirée, pour commencer.

Elle tapote l'épaule d'Acia.

– Fille, va voir dans la réserve. À côté des étagères à épices, il y a un petit placard fermé. Tout au fond, tu trouveras une bouteille. Apporte-la, avec trois verres. Sauf si Kamar préfère…

Nebbe s'interrompt, embarrassée. C'est bien la première fois que je la vois chercher ses mots. Je lui souris pour la rassurer.

– Nous buvions quelquefois de l'arak, en famille. Et du vin.

– J'allais dire que j'ai quelques bouteilles d'un jus de poires à tomber par terre. On pourra le goûter demain matin. Si vous émergez avant midi, ajoute-t-elle avec un clin d'œil. Nous ne sommes pas encore couchées. Cette nuit est particulière, tu le sens ?

Je hoche la tête. Oui, je le sens. La carcasse immense et déglinguée de l'*osteria* vibre de quelque chose que je pensais avoir perdu pour toujours : la joie. Elle brille sur les verres fraîchement lavés, les assiettes empilées, les fourchettes qui dressent leurs dents impeccables hors de l'égouttoir. Je peux la humer, mêlée aux parfums de la cuisine. Je la vois se refléter dans les yeux de la vieille femme assise en face de moi. Elle se tient bien droite, sa main caresse le cahier posé sur la table.

– Nous allons écrire les recettes du repas de ce soir. Toutes les trois.

– La mienne y est déjà, ronchonne Acia en disposant les verres sur les carreaux de faïence donnés en prime par le potier.

Il y en a trois cartons dans le cellier. Invendables, a-t-il prétendu. Quelque chose a mal tourné à la cuisson – les oiseaux célestes touchés par la parole de François d'Assise ressemblent à des dindons. Moi, je les trouve attendrissants, dodus, le bec grand ouvert, en train de se dandiner avec maladresse pour parvenir jusqu'à nous, depuis cette époque lointaine où toute source était miraculeuse, et chaque arbre, encore habité par une de ces nymphes que le christianisme peinait à faire oublier.

– Tu as sûrement changé quelque chose, répond Nebbe du tac au tac. Aucune cuisinière digne de ce nom ne suit une recette à la lettre. Et sûrement pas la fille de Lidia.

La fille de Lidia ? De qui parle-t-elle ? Je lève les yeux vers Acia, mais elle débouche la bouteille qu'elle vient d'apporter avec beaucoup de concentration – un peu trop. Le vin a la beauté de certaines pierres précieuses, un jaune topaze, je le regarde couler dans les verres, sans chercher à en savoir plus. Un proverbe de mon pays dit : « Qui a de la patience en plantant le mûrier portera un jour le satin moiré. » Une sagesse populaire qui s'applique à cette situation comme à bien d'autres ; parfois, il faut savoir garder le silence et ne pas poser de questions.

J'attendrai que le mûrier grandisse. Je leur dois cela, à toutes les deux.

– Un *Colli del Trasimeno bianco*, dit Nebbe en détachant les syllabes. Un des meilleurs, sinon le meilleur. Il est issu de plusieurs cépages : le trebbiano, le grechetto, le verdello, le malvasia, le chardonnay et le sauvignon. C'est grâce à cet assemblage qu'il peut être gardé longtemps en cave. Parfait pour les poissons.

– Ou des pâtes à la truffe d'été ? suggère Acia.

– Ou des pâtes à la truffe d'été, répète Nebbe avec une docilité inaccoutumée.

Nous levons nos verres.

– Au passé, murmure Acia.

La vieille femme hausse les épaules.

– Le passé est passé. Laisse-le roupiller. Je préfère boire aux jours à venir.

Elles se tournent vers moi. Dans le silence, une pendule égrène les secondes. Où est-elle, dans quelle pièce ? Je ne l'avais jamais entendue. Je ne peux que l'imaginer, haute et sévère tour de bois ciré, balançant son disque d'or dans l'obscurité d'une chambre. Mais peut-être, justement, n'existe-t-elle que dans mon imagination. Le temps coule sur moi comme sur ces femmes. Et sur Hana. Ici, nous avons nourri les corps et les âmes ; là-bas, les armes continuent de dispenser la mort. Qui sait, demain, dans un an, où et avec qui nous serons…

Mais ce soir, je suis ici, avec elles. Dans cette cuisine. Dans ce village. Dans ce pays où les nuages ressemblent à de lents vaisseaux, peu pressés d'arriver au port.

Je leur souris.

– Buvons au présent. À cet instant.

29

Acia

J'avais l'impression que la nuit ne finirait jamais, mais c'était une impression agréable et même grisante : l'*osteria* s'était logée dans un pli du temps, les planètes avaient cessé de tourner dans le ciel, la marche du monde se poursuivait, nous oubliant là, au bord de cette route poussiéreuse, et c'était bon.

J'avais bu un peu trop de vin – Kamar s'était contentée d'y goûter, Nebbe avait sifflé à elle seule presque la moitié de la bouteille –, et je flottais. De temps en temps, l'une de nous trois prononçait quelques mots, un bout de phrase que je ne rattachais à rien de précis. Il était peut-être question des plats que nous avions préparés et dont, l'une après l'autre, nous avions écrit les recettes sur les pages encore vierges du cahier. Nous avions aussi inscrit nos noms au bas de la liste : Nebbe, Kamar, Acia. En ce qui me concernait, j'avais noté un bref commentaire en marge du texte de Giuseppina : *le miel d'oranger est plus goûteux que le miel d'acacia.* Les lettres laborieusement alignées dansaient devant mes yeux. Cela m'était égal. Tout m'était égal. Giuseppina m'approuvait ; d'ailleurs, elle clignait de l'œil à mon adresse à cet instant précis, funambule perchée sur le fil d'une page, son tablier voletant sous l'effet d'une brise qui aurait rafraîchi mes joues brûlantes si elle avait soufflé dans la cuisine.

« Du miel d'oranger ? Quelle bonne idée, Acia. »

J'étais ivre. Et légère, si légère. Un vrai ballon gonflé à l'hélium dérivant au bout de son fil parmi les étoiles et les nuages. Le fil existait, je l'avais touché, senti vibrer, il me reliait solidement à ce petit morceau de terre et de béton, et aucun événement, aucune révélation ne pourrait désormais changer cela.

J'avais trouvé (la Madone boudeuse y était-elle pour quelque chose ? M'avait-elle envoyé le Chat, animal traditionnellement associé au démon, pour me conduire ici ? Et qui avait inscrit sur ce cahier le mot « Palazzo », ce sésame inespéré ?) une famille. Même tardive, même bizarre. Plus rien ne me pesait.

Plus rien ? Pas tout à fait.

Depuis que j'étais arrivée, ma vie avait pris une direction inattendue – j'aurais presque pu me comparer à un train coincé dans les mêmes aiguillages depuis qu'il avait été mis sur les rails, trente-sept ans plus tôt. Ce train, une tornade l'avait enlevé et reposé ailleurs. Sur une ligne depuis longtemps oubliée du service régulier mais qui traversait des paysages que jamais je n'aurais pensé pouvoir contempler un jour.

Bon, même sous l'influence de l'alcool, il était plus que temps de mettre un frein à mon goût pour les images foireuses. Celle-là était vraiment…

Pas si nulle, finalement. Oh, je pouvais bien me laisser aller pour une fois. J'allais parler de caillou dans ma chaussure. Un gravier, un rien du tout, mais qui pique, gêne, titille. Tout ça pour arriver à la couverture mitée oubliée, non, pas vraiment oubliée, dans le coffre de ma voiture. Et à son contenu.

– Kamar ?

– Oui ?

– Tu sortirais avec moi un moment ? J'ai quelque chose d'important à faire. Maintenant. Ça pourrait attendre demain, mais… non.

Kamar n'a pas posé de question, elle s'est simplement levée et m'a suivie. Nebbe dodelinait de la tête, les coudes appuyés sur le livre de cuisine. Nous sommes sorties par la porte de derrière ; j'avais garé la Fiat à l'extrémité de l'allée bétonnée qui contournait le bâtiment – c'était le plus pratique pour décharger les caisses de légumes et les sacs de provisions. J'ai ouvert le coffre et donné à Kamar la lampe torche que j'avais prise en passant.

– Ce n'est pas un cadavre, ai-je tenté de plaisanter. Je vais t'expliquer.

– Ce n'est pas nécessaire. Tu as besoin de mon aide, cela me suffit.

– Si. J'ai trouvé tout ça dans une poubelle, et… c'est compliqué. Allons un peu plus loin.

J'ai soulevé la couverture et son contenu – ce n'était pas un cadavre, pas au sens propre, mais cela pesait quand même le poids d'une vie –, et je me suis dirigée vers le petit bois. Je n'avais qu'à raconter l'histoire : comment je m'étais retrouvée à l'aube, avec le Chat, dans ce village désert, ma surprise, ma colère, la certitude qu'il y avait quelque chose à faire – je le devais à cette femme morte, et probablement enterrée à la va-vite, sans personne pour parler d'elle et des bons comme des mauvais moments de sa vie.

Mais les mots ne venaient pas. Ils s'étaient dissous dans le *Colli del Trasimeno bianco* comme des perles dans le vinaigre de Cléopâtre (qui voulait-elle impressionner, déjà, celle-là ? Un amant, ou peut-être un ennemi ?). Tout ce que j'ai réussi à dire, c'est :

– Tu peux aller chercher une pelle dans la remise ?

J'ai entendu le bruit de ses pas s'éloigner, une porte métallique a grincé. Kamar pensait peut-être que je voulais enterrer une cargaison de cocaïne ou de whisky frelaté. Son calme m'impressionnait, presque autant que sa beauté. Je n'osais pas penser à tout ce qu'elle avait dû vivre pour acquérir une telle maîtrise d'elle-même.

En cherchant des plantes sauvages, j'avais repéré un arbre, à environ deux cents mètres de l'*osteria* : un chêne vert dont les surgeons jaillissaient vers la canopée avec une vigueur insolente. J'ai posé mon fardeau contre le tronc et je me suis retournée pour prendre la pelle des mains de Kamar. Elle m'en a tendu une sur les deux qu'elle avait emportées.

– Je n'allais pas te laisser creuser seule.

Il avait plu la veille, la terre se laissait entamer, le vin décuplait mes forces. Cela ne durerait pas longtemps, en principe, sauf si le grand cru de Nebbe possédait des vertus magiques, ce qui ne m'aurait pas étonnée plus que ça. Les événements de ces dernières semaines s'étaient enchaînés à la manière des péripéties d'un scénario écrit à l'avance. Qui tenait la plume ? Pas Nebbe, malgré son endurance, sa force têtue. Elle s'était contentée de patienter et de ne pas perdre espoir, ce dont j'aurais été incapable. N'était-ce pas le rôle du destin ? Qu'avait-il décidé pour moi au-delà de cette nuit ?

Je me posais beaucoup trop de questions. J'allais irriter les dieux. Ou les déesses.

– Je crois que le destin est une femme.

Propos d'ivrogne. Je n'attendais pas de réponse, mais Kamar s'est redressée pour essuyer son front en sueur. Elle réfléchissait.

– Je pense que ce n'est pas important, a-t-elle fini par dire. Le destin, la logique, le hasard… ou l'absence de hasard… Un écrivain syrien a publié dans les années quarante un roman : *Le destin s'amuse*. Je l'ai lu il y a longtemps. Très marqué par l'Occident. Vous aimez bien cette idée du joueur qui lance les dés, non ? Des possibilités presque infinies à chaque seconde de la vie. Mais sur lesquelles vous n'avez aucune prise.

– Une façon de fuir ses responsabilités, tu crois ?

Elle m'a regardée avec attention.

– Je ne crois rien, Acia. J'essaie d'apprendre.

Quand nous avons jugé le trou assez profond, je me suis assise à côté de l'arbre et j'ai écarté les pans de la couverture. Tout était là : les lettres couvertes d'une petite écriture soignée et régulière, les cartes aux couleurs passées et les agendas.

– Tu as vraiment trouvé ça dans une poubelle ? a demandé Kamar.

– Oui. Sur la route, avant d'arriver ici. Cette femme, je ne pouvais pas l'abandonner, tu comprends ? J'ai lu ce qu'elle écrivait dans ses carnets, c'était comme si je l'avais toujours connue. La voisine qui sort très tôt le matin pour aller faire ses courses, celle qui répond à ton salut par un signe de tête et un sourire timide. Celle dont on ne remarque pas toujours l'absence. Il y en a tellement, des femmes comme elle, qui vivent à petit bruit, sans déranger personne. Un jour, elles meurent, et quelqu'un se débarrasse de tout ce qu'il reste de leur vie… parce que ça n'a aucune valeur… sauf que…

Je déraillais, j'étais au bord des larmes. J'ai toujours eu le vin triste – il était bien temps de m'en souvenir. Kamar a posé une main sur ma nuque, un geste réconfortant et inattendu.

– Si tu veux, je vais chanter pour elle. Et nous lui souhaiterons ensemble d'être en paix. J'aurais voulu…

Son souffle s'est cassé. Elle a retiré sa main et a frotté ses doigts noircis de terre.

– J'aurais voulu pouvoir le faire pour mon mari.

J'ai tiré sur ma manche pour sécher mes joues humides.

– Et si tu le faisais maintenant ? Écris son nom sur un des carnets. La vieille dame prendra soin de lui.

– Tu crois ?

J'ai hoché la tête avec conviction. Il y a des nuits où l'on est prêt à croire, tout simplement. Et à mélanger les croyances, pourquoi pas – qui s'en souciait ? Les arbres, autour de nous, semblaient s'être rapprochés ; un silence attentif régnait sur ce petit bois indiscipliné, à peine une chiure de mouche sur les vues aériennes. Rejetons de vieilles souches, graines portées par le vent, herbes folles, touffes de menthe redevenue sauvage s'étaient alliés pour repousser le béton et recréer un lambeau de la grande forêt primitive, un abri où la vie menue prospérait. Nous y étions les bienvenues tant que nous ne nous opposions pas à cette force. Les traces devaient être effacées, les souillures lavées. C'était un pacte ancien et, à cet instant, je le ressentais dans tout mon corps, par un frisson qui n'était pas de peur mais d'anticipation.

Nous avons déposé dans la fosse les carnets et les cartes, côte à côte, sans les recouvrir de terre. J'ai passé à Kamar le crayon que j'avais glissé dans ma poche de poitrine, plus par habitude que par nécessité, puisque je n'avais eu aucune commande à noter ce soir-là. Elle a feuilleté le dernier carnet jusqu'à l'avant-dernière page et y a tracé quelques mots. Je ne distinguais rien de l'expression de son visage, plongé dans l'ombre. Puis elle s'est tournée vers moi.

– Et toi ? m'a-t-elle interrogée. Y a-t-il quelqu'un dont tu veuilles écrire le nom ? Le dernier feuillet est vierge.

J'avais la bouche sèche, un début de migraine forait ma tempe gauche. Il y avait quelqu'un, oui. Mais pas de nom.

– Ils m'ont dit qu'elle n'aurait pas vécu, quoi que je fasse. Je n'étais enceinte que de trois mois à peine. Quelque chose n'allait pas. Je n'ai pas compris quoi, seulement qu'il fallait provoquer le…

Je les revoyais, ces hommes en blouse blanche. Compétents, indifférents. Parfois la nature décide, pour le bien de l'espèce. « Allez de l'avant, reprenez aussitôt que possible vos occupations, madame. Vous êtes jeune, vous en aurez d'autres. » Des phrases bâties comme des préfabriqués de chantier.

– Elle aurait neuf ans cette année, l'âge d'Hana. Je savais, au fond de moi, que c'était une fille. Mais je n'avais pas cherché de prénom, j'attendais de la voir, je voulais qu'elle me le dise, tu comprends ? Les enfants devraient être consultés. Ça te paraît stupide ?

– Non. Continue.

– Ils l'ont emportée, très vite. Je ne connais pas son visage ni son corps, moi, sa presque mère. C'est probablement pour cela qu'elle…

– Qu'elle vient ?

– Oui.

Kamar a levé un bras pour caresser l'écorce du chêne vert.

– Les arbres sont de bon conseil. Écoute-les.

Et voilà. Ensemble, nous avions basculé dans la folie, dans l'en-dehors des certitudes raisonnables et des attitudes prudentes. Nous avions dix ans ou cent, c'était la même chose, et cela aussi, c'était bon.

Quand nous sommes revenues vers l'*osteria* avec les pelles et la couverture, la voix de Kamar résonnait encore en moi. J'avais suivi son conseil, écouté le bois ; il m'avait soufflé un souvenir très lointain, celui d'un film dont seuls quelques plans m'étaient restés en mémoire. Une adolescente courait dans un champ de blé mûr, ses yeux étaient noirs sous ses longs cheveux, elle laissait les épis la gifler, elle avait l'air tellement libre. Quelqu'un l'appelait, elle ne se retournait pas. Soudain, on ne voyait plus que son sillon dans les tiges dorées, la corolle déchiquetée d'un coquelicot. S'était-elle perdue, enfuie ? La fin m'échappait, peut-être était-elle triste, peut-être n'y avait-il pas de fin à cette histoire. Mais je me souvenais de son prénom.

Sylvie. La fille de la forêt. Dans ce pays, les anciens dieux étaient aux aguets ; le mieux que je pouvais faire était de leur confier mon enfant.

Je l'ai écrit, ce nom. J'ai posé le carnet sur les autres, et nous avons rassemblé nos mains en coupe pour faire couler la terre noire, puis la lisser et la recouvrir de feuilles. À la dernière seconde, Kamar a sorti un éclat de verre de la poche de sa jupe et l'a enfoncé dans l'humus. Puis elle a commencé à chanter.

30

Nebbe

Écouter le sommeil de ceux qu'on aime : cette joie-là ne m'a pas été donnée depuis des années. Trop pour que j'en fasse le compte ou même que j'aie envie de me lancer dans ce genre de calcul idiot. M'apitoyer sur mon sort ? Ce serait bien la première fois.

Porfirio vient de partir. Mes lèvres sont douces et sensibles comme après un premier baiser, et le matin est presque là. À six heures et demie, Acia se lèvera, aussi prévisible qu'un coucou suisse, et la danse des balais et des casseroles recommencera. Cette fille ne s'est jamais reposée de sa vie ; je vais avoir deux ou trois choses à lui apprendre.

Mais en attendant d'entendre le martèlement de ses sandales dans l'escalier, je savoure le silence habité de ma grande baraque. J'ai un peu de temps devant moi. Je promène mon fauteuil entre les tables encore recouvertes de leurs nappes multicolores, je ramasse les fleurs écrasées. Mes doigts se tachent de pulpe rouge, je respire leur parfum déjà presque éventé. Une belle soirée. On en parlera longtemps, à Palazzo.

Autour de moi, l'*osteria* ronronne, un vrai matou satisfait. Ah non : c'est le Chat. Tiens donc, il ne dort pas avec la petite, cette nuit. Il a dû se passer quelque chose. Il s'est installé sur une pile de serviettes froissées, le menton sur les pattes. Il absorbe les odeurs du dîner d'hier, et il a l'air d'aimer ça. Je ferais bien pareil, si j'avais gardé la souplesse de mes vingt ans.

Je lève la tête vers le plafond. Elles sont là-haut, toutes les trois. Kamar est encore éveillée – une chaise a grincé, tout à l'heure. Elle veille sur sa fille, ou elle regarde le jour se lever. Qui peut savoir quelles images lui reviennent ? Dans quelle ville habitée par la terreur et la ruine son esprit vagabonde-t-il ? Les dernières heures de la nuit sont dangereuses quand on a tout perdu. Je m'inquiète pour elle, et j'ai tort, probablement : elle est plus forte qu'une armée. Capable de souffler sur les cendres de son univers et d'en rebâtir un autre tout en tournant une sauce. Le sait-elle seulement ?

Acia dort du sommeil des ivrognes novices. Même à travers le plancher, je l'entends ronfloter. Elle ne bouge pas plus qu'une bûche. Lidia, sa mère, était du même bois, elle fonçait dans le sommeil comme dans la vie. Je pouvais remonter le drap sur ses épaules, lui caresser les cheveux, ranger ses affaires propres dans les tiroirs de sa commode, c'était la Belle au bois dormant version sauvageonne hargneuse, partie pour cent ans, et bon courage au prince quand il arriverait. Elle n'acceptait la tendresse – la mienne – qu'à ces moments-là. C'est un peu triste, quand on y pense, mais je savais m'en contenter.

Je l'ai dit à Acia : j'ai toujours su qu'elle ne resterait pas au village. Il y a eu un garçon, puis un deuxième, puis un troisième. Entre deux, elle revenait en coup de vent, dévalisait l'armoire, dormait quelques nuits dans son lit et repartait avant d'avoir daigné répondre à une seule de mes questions. Lidia aimait le danger, la vitesse, les ports, les gares, tous les lieux de passage. Les gens, prétendait-elle, y étaient plus vivants qu'ailleurs. Il ne fallait pas s'installer, jamais ; rester au même endroit, c'était mourir à petit feu. Je me méfie de ce genre d'affirmation, mais elle avait peut-être raison : avant l'arrivée de la petite, je la sentais rôder autour de moi, la Camarde, et clapper du bec. J'étais une piètre proie, pourtant. C'est peut-être pour cela qu'elle a abandonné la partie sans faire trop de manières.

Quand Lidia a cessé de revenir, j'ai pensé qu'elle avait trouvé, ailleurs, une respiration, peut-être un amour qui tenait la route. Ça faisait mal, mais je me disais que je n'avais pas le droit de me plaindre, et que si elle était heureuse, je devais l'être aussi, pour elle. Je n'ai jamais su qu'elle avait eu un enfant, ni qu'elle avait continué son chemin en laissant la gamine à sa belle-mère. Si elle m'en avait avertie, même en griffonnant trois mots au dos d'une de ses cartes postales de la Madone, je me serais embarquée flamberge au vent, fauteuil roulant ou pas, et on aurait bien vu qui aurait élevé ma petite-fille. Elle ne se serait pas retrouvée dans un foyer, c'est sûr. Vu les cochonneries qu'elle a dû avaler là-bas, c'est un miracle qu'elle ait décidé de devenir cuisinière. Elle a de bons gènes, mais ça ne suffit pas toujours.

Lidia… ou Amande… J'aimerais tant entendre son souffle là-haut. Les longues respirations qu'elle puisait au creux de l'oreiller et qui faisaient frissonner les plumes de cette bricole en ficelle, son attrape-rêves – elle avait trouvé ça où, aucune idée. Ici, les rêves, on les laisse filer avec le vent ou se joindre paresseusement aux nuages. Et si leurs ongles nous écorchent au passage, on serre les dents et on se tait.

Je ne devrais pas réclamer un bonheur de plus. Ces dernières semaines, j'ai déjà reçu plus que je ne pensais mériter. Acia. Kamar. Hana. Et le Chat. Lidia reviendra, ou pas. Elle est en vie quelque part, je le sens au plus profond de ma chair, là où elle a bougé pour la première fois. Mes os vibrent, elle perçoit sûrement leur appel. Je l'attends de pied ferme – façon de parler. Tête de mule. Rôdeuse. Péronnelle. Mauvaise graine. J'en aurai, des mots doux à lui susurrer, le jour où elle passera cette porte.

Pour le moment, je vais m'occuper d'Acia. Elle est chez elle, ici. Peut-être laissera-t-elle le Nino poser sur elle ses grandes mains douces et lui faire du bien. J'ai surpris des regards des deux côtés, et je sais combien font deux et deux. J'aimerais avoir l'âge de me coucher dans un buisson de mélisse, ou même de basilic, avec un homme comme lui. Inutile d'y penser : Porfirio et moi ? Il faudrait une brigade de *carabinieri* pour nous tirer de là.

Inutile, peut-être. Mais c'est bien doux, d'en rêver.

31

Kamar

Assâad, mon amour, jamais je ne t'ai senti plus présent qu'en cet instant – il doit être cinq heures – où la nuit se coud au jour à petits points de lumière. J'ai entendu la porte d'entrée s'ouvrir, puis se refermer. Maintenant, une rumeur emplit la chambre, douce, tremblée, un chuchotement de feuilles s'ébrouant sous la clarté naissante. J'écoute. Hier, sous les arbres, ta voix a doublé la mienne, nous avons vibré ensemble, je t'ai accueilli en moi, puis laissé libre de poursuivre ton voyage, de déposer enfin ton fardeau de peine et d'anxiété. Tu ne dois plus t'inquiéter pour nous. Je vais bien. Nous allons bien, toutes les deux.

À la barrière de l'ancien jardin, une nuée de lucioles est montée, lentement, des hautes herbes. Acia s'est figée, retenant son exclamation par peur de faire fuir la merveille. Ce clignotement erratique, c'était un autre chant, celui du silence. Une partition dédiée à la nuit. Peut-être l'écrivais-tu pour que je la déchiffre. C'est l'enfant en moi qui pense cela ; pour se consoler, elle se berce de promesses. Je peux lui accorder cette illusion, ne crois-tu pas ? Les enfants se heurtent bien assez tôt au monde. Quoi que la vie me réserve à l'avenir, j'essaierai d'entourer Hana de beauté, de lui apprendre à la reconnaître, même profondément cachée. La véritable beauté ne ment pas. Elle ne blesse pas. Elle nous protège, dans une certaine mesure.

Hana s'est réveillée pendant mon absence, elle est partie à ma recherche. Mais c'est le Chat qui m'a trouvée sur le chemin du retour. J'ai entendu un seul miaulement bref, d'avertissement ; un froissement d'herbe, et la petite main de notre fille s'est glissée dans la mienne. Acia, à quelques pas devant moi, regardait vers les fenêtres de la cuisine, encore éclairées. L'espace d'une ou deux secondes, une silhouette s'est découpée sur le rectangle jaune, puis la porte a grincé.

– Porfirio, a-t-elle murmuré. Finalement, il est revenu. Nebbe sera contente – même si elle ne l'avouera jamais.

– Jamais.

Ce mot, en écho, ce n'était pas moi qui l'avais prononcé. Un frisson puissant est monté de la terre, m'a enveloppée. Pour la première fois depuis de longues semaines, notre fille parlait. Si tu avais été là, mon amour, tu aurais su la soulever dans tes bras et la faire danser en plein ciel, jusqu'à toucher les étoiles. Si tu avais été là, ton rire aurait éveillé tous les échos de la nuit. Moi, je craignais de l'effrayer. J'ai attendu un peu et je me suis assise à côté d'elle. Le Chat m'a toisée, puis a cédé la place avec la majesté d'un plénipotentiaire satisfait du résultat de sa mission.

J'ai dit :

– Je l'aime bien, ce chat. Et toi ?

Hana a hoché la tête. J'ai continué :

– Toi, je t'aime très fort. Plus fort que tout. Et je t'aimerai toujours.

– Toujours...

– Oui, toujours.

– Toujours, a-t-elle répété.

Je respirais, enfin. Acia s'était retournée vers nous. Dans l'obscurité, je devinais son sourire.

Assâad, mon amour, j'apprends lentement que l'espoir peut naître même dans la douleur, car la douleur de ta perte n'aura pas de fin, je le sais. Je ne te laisserai pas derrière moi. Je vivrai avec toi en ton absence. Jour après jour, je te réveillerai dans ma mémoire. Près du lit d'une enfant endormie, l'espoir ne peut pas mourir. Il suffit d'un rien pour le ranimer.

Il suffit d'un mot.

Les mûres sont sur le mûrier, et l'histoire est terminée.

DE LA MÊME AUTRICE

Les vagues sont douces comme des tigres
Arléa, 1999

Dans le miroir
Gallimard Jeunesse, 2000, 2015

L'Évier
Arléa, 2001

Sept Péchés
Arléa, 2003

La Tour du silence
Flammarion Jeunesse, 2003, 2011

J'ai suivi la ligne bleue
Le Rouergue, 2005

SOS Titanic
Journal de Julia Facchini, 1912
Gallimard Jeunesse, 2005

Le Temps des cerises
Journal de Mathilde, 1870-1871
Gallimard Jeunesse, 2006

Sous la vague avec Hokusai
Oskar Jeunesse, 2011

La Trace
Hachette, 2012

La Chanteuse de Vivaldi
Gallimard Jeunesse, 2012

Au bois dormant
Hachette, 2014

Je suis en Chine
Oskar, 2014

Les Cendres de Pompéi
Journal d'une esclave, an 79
Gallimard Jeunesse, 2010, 2017

Comédienne de Molière
Gallimard Jeunesse, 2015

Les Intrigantes
Rivales
Secrètes
Jalouses
Hachette, 2015-2016

Candidate
Hachette, 2017

La Fille qui lisait dans le métro
Denoël, 2017
et « Points », n° P4775

Les Maux bleus
Gulf Stream, 2018

Mother Road
Lynks, 2018

La Femme sans ombre
Denoël, 2019

La Dernière Énigme de Léonard de Vinci
Auzou, 2019

Glace
Scrineo, 2021

L'Étrange Garçon qui vivait sous les toits
Avec Charlotte Bousquet, Fabien Fernandez
Slalom, 2021

Les Semblables
Auzou, 2022

Les Éditions Points s'engagent pour la protection de l'environnement et une production française responsable

Ce livre a été imprimé en France, sur un papier certifié issu de forêts gérées durablement, chez un imprimeur labellisé Imprim'Vert, marque créée en partenariat avec l'Agence de l'eau, l'ADEME (Agence de l'environnement et de la maîtrise de l'énergie) et l'UNIIC (Union nationale des industries de l'impression et de la communication).

La marque Imprim'Vert apporte trois garanties essentielles :

- La suppression totale de l'utilisation de produits toxiques
- La sécurisation des stockages de produits et de déchets dangereux
- La collecte et le traitement de produits dangereux

RÉALISATION : NORD COMPO À VILLENEUVE-D'ASCQ
IMPRESSION : CPI FRANCE
DÉPÔT LÉGAL : JUIN 2023. N° 152001 (3052338)
IMPRIMÉ EN FRANCE